Zwischen Kreuz und

Kaffeetasse

Geschichten und Erlebnisse aus dem Alltag eines Dorf-Pastors

Impressum

Linnartz, Thomas:
Zwischen Kreuz und Kaffeetasse
Schmelz, 2016 (4)

Alle Rechte liegen beim Autor:
Thomas Linnartz
Marienstraße 15
66893 Schmelz

Herstellung und Verlag:
BoD – Books on Demand
22848 Norderstedt

Hinweis: Die Namen und Orte wurden geändert
und entsprechen nicht den tatsächlichen Namen
und Orten.

ISBN 978-3-7322-9154-0

Inhaltverzeichnis

Ein Wort zuvor...

Geschichten und Erlebnisse aus dem Alltag eines Dorf-Pastors sind ein kleiner Ausschnitt aus einem oft sehr hektischem und bewegendem Alltag, von dem viele Menschen meinen, dass DER, also der Pastor, nur seine Gottesdienste hält, ein paar Gebete am Tag abhält und ansonsten ein schönes Leben hat. Dass dieses vermeintlich „schöne Leben" mit vielen Sorgen und Belastungen angefüllt ist, ein Termin den anderen jagt, mit Wünschen und Erwartungen von vielen Menschen, die kaum erfüllbar sind, angereichert ist, ist nicht oft bekannt.

Die Strukturreform eines Bistums – wie die Zusammenlegung mehrerer Kirchengemeinden zu einer Pfarreien-Gemeinschaft und der damit verbundenen Mehr-Arbeit und Mehr-Belastung – hat bei mir dazu geführt, dass es auch schlaf-lose Nächte gibt und am Morgen des folgenden Tages die Probleme immer noch nicht lösbar sind. Kein Wunder, dass die Haare grau werden und die Arbeitszufriedenheit sinken. Nicht nur durch die hohen Belastungen, sondern auch durch die oft sinn-losen und nicht nachvollziehbaren Reformen und Anordnungen in einer weltweit operierenden Institution, genannt Kirche. Insofern unterscheidet sie sich nicht von anderen global agierenden Firmen und Konzernen – sieht man vom Streikverbot einmal ab. Doch in meinen Augen soll

Kirche – nicht nur als Institution – Alternativen zu einer auf Profit und Macht (wie sie auch hintergründig gezeigt wird) gegründetem Anspruch zeigen. Oder wie es im Markus-Evangelium heißt: „Aber so ist es unter euch nicht; sondern wer groß sein will unter euch, der soll euer Diener sein." (Mk 10,43). Ein hoher Anspruch, dem ich auch nicht immer gerecht werde…

Aus vielen kleinen Facetten habe ich versucht, in den folgenden Episoden und Erlebnissen den Alltag zu skizzieren. Überraschendes, Trauriges, Lustiges und Erstaunliches ist zu finden. Es ist keine durchgängige Form, etwa wie eine fortlaufende Geschichte, vielmehr möchten die einzelnen Kapitel aufzeigen wie vielfältig die Aspekte und Erlebnisse mit und von Menschen sind. Jedes Kapitel für sich ist wie eine Blume. In der Gesamtheit der Kapitel ergibt sich ein bunter Blumen-Strauß.

Danken möchte ich den vielen Menschen, denen ich begegnen durfte, die in den Geschichten präsent werden und an deren Leben ich ein wenig teilhaben durfte. Sie sind nicht vergessen.

Mein besonderer Dank gilt den Damen aus dem Pfarrbüro die mir Stütze, Beraterinnen und Kolleginnen waren. Oft waren sie die Ersten, denen ich meine die Freude oder Enttäuschung mitteilten durfte und konnte; die oft auch meine wechselnden Stimmungen wohlwollend mitgetragen haben.

Großer Dank gilt auch meiner Schwester Katharina, die mich immer wieder ermutigte, dieses Buch zu veröffentlichen und wertvolle Hinweise und Anregungen gab.

Thomas Linnartz.

(1) Ein ganz normaler Sonntag

Während andere Menschen Sonntags vormittags noch in ihrem Bett schlafen oder gemütlich Frühstücken können und das Wochenende genießen können, steht heute wieder ein umfangreiches Programm an Aufgaben vor mir. Gerade so wie ein Zeitgenosse einmal meinte: „Gell, wenn wir (Arbeiter und Angestellte) frei haben, da haben sie vollen Stress?" – „Stimmt", meinte ich, „dafür müssen sie am Montag wieder arbeiten und ich habe dann einen freien Tag."

Da es also Sonntag ist, gibt es keine Frühstücks-Zeitung, die ich zwischen Brot und Kaffeetasse lesen könnte. Also ist die Beschäftigung beim Frühstück Fernsehen. Einige menschliche Stimmen aus dem „Kasten" geben am frühen Morgen einen Hauch von Beziehung. Schade nur, dass kein Dialog entstehen kann oder ein Austausch der Gedanken möglich ist.

Es ist mein Los, für viele Menschen da zu sein. Auch da sein zu müssen, Trost zu spenden oder Ratschläge anzubieten, aber selbst oft einsam oder unverstanden zu sein. Ich bin so ein Teil der Institution Kirche. Schauen wir auf das heutige Tagesprogramm: neben den Gottesdiensten am Vormittag steht heute noch eine Taufe an – eine Abwechslung zu den Sonntagen zuvor.

Das vorbereitende Gespräch zur Taufe war gut verlaufen, ich habe schon Kinder dieser Familien getauft. Während der Taufe muss ich lauter reden, denn der Täufling schreit recht laut. Also mache ich mich verständlich und erhebe die Stimme so laut ich kann – ohne Mikrofon. Die Anwesenden verstehen mich – wenigstens akustisch. Doch es ist anstrengend eine frei formulierte Ansprache zu halten, während das Kind schreit. Die Aufmerksamkeit liegt woanders…: beim Täuflinge, es ist ja schließlich SEINE Taufe und SEIN Tag!
Besonders sind mir heute die Paten aufgefallen. Selbst jemand, der im Taufgespräch von sich sagte, mit Kirche nicht viel zu tun zu haben, betet die Gebete aktiv mit. Ich war erstaunt, mit welcher Anteilnahme und Klarheit die Antworten auf die Fragen im Taufritus gegeben wurden. Vielleicht ist manch einer, der sich von Kirche abwendet, weil er von ihr enttäuscht worden ist, mehr mit der Kirche verbunden ist, als er denkt. Und ich denke daran, dass auf dem – im wirklichen Sinne des Wortes – Laufzettel des Tages steht: der Besuch eines Festes auf dem Dorfplatz. Glücklicherweise regnet es so stark, dass die wenigen Besucher sich unter die Dächer eines Getränkewagens geflüchtet haben. Ich merke, dass ich keine Lust habe mit den schon seit Stunden dort Stehenden – in der Regel mit erhöhtem Bierkonsum – ein Schwätzchen zu halten. Also bestelle ich eine kleine Flasche

Sprudel, blicke in die Runde, nicke noch kurz und verabschiede mich.

Doch im Büro blinkt der Anrufbeantworter: Nachricht abhören und zurückrufen. Es geht um einen verstorbenen Priester, der in einer Pfarrei der Pfarreiengemeinschaft lange Jahre tätig gewesen ist. „Dürfen wir einen Bus zum Begräbnis einsetzen? Kann der Kirchenchor singen?" „Ja, ja, geht alles in Ordnung", meine ich. Ich möchte einem meiner Vorgänger nicht die Anerkennung der ehemaligen Pfarrangehörigen verwehren. Als ich das Telefonat beendet habe, bleibt der Schreibtisch mein Arbeitsplatz. Es sind noch zwei Briefe zu schreiben, die morgen im Briefkasten liegen müssen. Also für einen Sonntag als „Arbeitstag" reicht es. Und so frage ich mich, als ich auf die Uhrzeit schaue, ob der Sonntag wirklich der Ruhetag, den die Bibel uns angeboten hat, ist?

Obwohl im kirchlichen Arbeitsverhältnis stehend, verneine ich, dass heute ein ruhiger Tag war. So freue ich mich auf nächsten Mittwoch, also mein „Sonntag". Da soll nämlich ich meinen freien Tag haben – aber wie so oft: es wird bestimmt nicht daraus. Mal sehen!

(2) Die Woche fängt gut an

Beim Frühstück geht es heute schon los: die Zeitung ist durchfeuchtet. Das kann ich nun am frühen Morgen überhaupt nicht leiden. Doch was bleibt ist Resignation, dass ich daran nichts ändern kann. Kaum habe ich den ersten Bissen im Mund, klingelt das Telefon. Ein Handwerker meldet sich und wir machen einen Termin zum Innenanstrich des Büros aus. Hoffentlich passt das Datum den Mitarbeiterinnen, denn ihre Büros sollen mit Farbe verschönt werden. Da keine anwesend ist, habe ich ganz einfach zugesagt. Wer weiß, wann die Handwerker wieder Zeit haben. Als der erste Schluck Kaffee meine Speiseröhre nässt, ruft „et Ulli" an: „Wann kann das 2. Sterbeamt für meine Mutter sein?" Ich hatte sie gestern gebeten, heute anzurufen. Sie fliegt heute in den Urlaub. „Können sie einen kleinen Moment warten? Ich laufe grad´ ins Büro und schaue im Terminkalender nach." Als ich die Treppen hinunter fliege, versuche ich nicht auf die dort abgelegten Aktenstücke zu treten... Wir können uns auf einen Termin einigen.

Der nächste Tages-Ordnungs-Punkt – so möchte ich die Stationen des Tages nennen – führt mich zum Gottesdienst nach Melfingen. Leider hat der Organist abgesagt, so dass ich die Leider selbst anstimmen muss. Wie immer zu tief! Aber alle halten, oder besser singen tapfer mit. Die

Gottesdienstbesucher haben sich leider wieder in den hinteren Bänken angesiedelt. Ich scheine Mundgeruch oder eine ansteckende Krankheit haben, dass generell alle im hinteren Teil der Kirche Platz nehmen. Doch meine Zähne sind sauber und der Arzt hat bei mir keine Pest, Erkältung oder sonstige Krankheit gefunden, die den Kontakt mit anderen Menschen verbietet oder einschränkt.

Die Leute im vorderen Teil Platz nehmen zu lassen, ist nach meiner Erfahrung müßig. Versuche dies zu ändern, haben schon einige Kollegen versucht. Vergeblich! Selbst Süßigkeiten auf die vorderen Bänke zu legen, erscheint mir schon lustig, aber… nicht erfolgreich.

Nächster Tagesordnungspunkt: Zurück nach Schellweiler. Die Leiterin des Kindergartens hat mich eingeladen, die Vorschulkinder auf den Abschluss im Kindergarten vorzubereiten. Das Motiv des Lebens-Weges soll im Mittelpunkt stehen. Die dreizehn Kinder entpuppen sich als eine muntere und wilde Horde. „Setzt euch in einen grooßen Kreis!" Oje, da sitzen einige lieber auf den Matratzen an der Wand, andere kaspern in der Mitte des Raumes herum und wieder andere setzen sich ruhig in die Mitte des Raumes. „Ej", ruft Heidi, die Kindergartenleiterin, „setzt euch in den Kreis!" – „Danke", es funktioniert. Die Kinder erzählen, was sie alles im Kindergarten gemacht haben: Malen, spielen, basteln – und einer ist besonders frech. Er sagt: „Furzen". So sind sie, die Kinder von heute. Jeder, der etwas sagen wollte, durfte ein buntes Tuch in den Raum legen, so dass die Farben des Regenbogens entstanden. „So bunt wie dieser Regenbogen, so bunt und so verschieden war eure Zeit im Kindergarten." Staunen und Überraschung erblicke ich in den Gesichtern. „Eure Zeit hier im Kindergarten ist wie ein Weg, den ihr im Laufe der Zeit gegangen seid. Und wie geht der Weg weiter?" Ich packe ein Fernglas aus. Jeder darf einmal durchblicken und sich ausmalen, wie es weitergeht und was da in der Ferne alles zu sehen ist. Ich bin nicht ganz zufrieden mit meinen Ausführungen. Aber Heidi meint: „Es war gut." Es bleiben Zweifel bei mir.

Zurück im Büro, wundere ich mich, dass noch keine Post im Briefkasten liegt: Heute sollte keine Post kommen? Ein Wunder? Also, checke ich die E-Mails. Wenigstens hier liegen Informationen bereit. In der Regel beantworte ich sie sofort. So auch jetzt. Bevor es zu Mittag läutet, werfe ich eine Pizza in den vorgeheizten Ofen. Ich lasse sie mir schmecken und starte zu einer kleinen Schlafreise auf der Couch.

Mittlerweile ist es Zeit, zu einem Beichtgespräch zu gehen. Jemand hat mich gebeten, die Beichte abzunehmen. Als ich das Haus betrete, stehen Kaffee und Kuchen auf dem Tisch. „Na", denke ich, „das kann ja heiter werden!" Das Gespräch entpuppt sich als schwierig. Das Beichtgeheimnis schiebt hier einen Riegel vor die weiteren Ausführungen. Ich bleibe – nicht wegen des Kaffee und Kuchens – länger als ich mir vorgenommen habe. Ich bedanke mich und ich kann mich mit dem Hinweis auf ein bevorstehendes Brautgespräch verabschieden. „Ich lasse ihnen noch etwas Kuchen bringen!", ruft man mir nach. „Vielen Dank!", rufe ich schon ein paar Meter vom Haus entfernt.

Zum letzten Tagesordnungspunkt fahre ich nach Seedorf. Ein Verwaltungsratsmitglied ist vor wenigen Wochen verunglückt: Kieferbruch, Rippen- und Armbruch. Er macht einen munteren Eindruck. Er kann ohne Einschränkungen sprechen wie ich angesichts der mitgeteilten Verletzungen befürchtet hätte. Ich befürchtete schon, dass er nuschelt. Der linke Arm ist geschient. Ich bin froh, dass es ihm gut geht. „So schnell wird man Invalide", meint er. Ich nicke resignierend. „Da haben sie Recht."

(3) Jede Menge Besuche und jede Menge Jobs

Am nächsten Tag betätige ich mich zunächst als Jobvermittler. So führt mich mein Weg in die Grundschule nach Rainfeld. Lange war ich nicht mehr dort und nach der internen Aufgabenaufteilung im Team bin ich für die Grundschule zuständig. Der, Kaplan, der nach den Sommerferien in der Pfarreiengemeinschaft eingesetzt wird, soll zwei Schulstunden übernehmen. Als für ihn Dienstvorgesetzter kümmere ich mich um die Abstimmung mit dem Schulleiter. „Das sind tolle Nachrichten, die sie heute mitbringen", meint er. Er hat ja auch allen Grund froh zu sein. Schließlich fehlen in seinem Stundenplan für das neue Schuljahr einige Religionsstunden. „Mit solchen Nachrichten können sie jeden Tag kommen", sagt er feixend und winkt zum Abschied.

Die nächsten Stunden sollen viel anstrengender sein: ich gehe als eine Art Psychologe auf Krankenkommunion. „Auf Krankenkommunion gehen" ist nichts anderes als eine Umschreibung für die Kranken, die nicht in die Kirche gehen können, zu Hause zu besuchen. Meist sind es ältere oder gehbehinderte Menschen. Sie sind ein Leben lang in die Gottesdienste gegangen, haben Kraft und

Hoffnung aus der Liturgie und Eucharistie gezogen – und müssen nun zu Hause bleiben. Für viele ist es eine Entbehrung, dass sie nicht in die Kirche kommen können. Und so fiebern sie meist der Krankenkommunion entgegen. Sie freuen sich, wenn die Hauptamtlichen „auf Krankenkommunion gehen" und ein wenig Gespräch haben über „Gott und die Welt". Für viele ist es eine willkommene Abwechslung im Einerlei des Alltags. Fünf Besuche stehen für mich heute an.

Heinrich, ein über Sechzigjähriger ist immer gut gelaunt. Nur seine Beine wollen in letzter Zeit nicht mehr so wie er will. Selbst mit Rollator geht es nur noch mühsam durch Haus und Dorf. Doch als ich ihm von Autos, Traktoren und Radios erzähle, strahlt er über das ganze Gesicht. Hier kennt er sich aus. „Immer gute Fahrt", sagt er und gibt mir seine Hand zum Abschied. Ich nehme sie: „Vielen Dank".

Ein paar Meter weiter wohnt Frau Apollonia. Sie wird liebevoll von einer ihrer Töchter und einer ihrer Enkel umsorgt. Auf ihrem Tisch stapeln sich die Gebetsheftchen, aus denen sie entsprechend der Tageszeit ein Heftchen herauszieht. Doch zunächst erzählt sie mir ihre Lebensgeschichte – ich weiß nicht, wie oft ich sie schon gehört habe. Aber immer wieder spannend. „Halten sie die Stellung", wünsche ich ihr. Wieder ein paar Meter weiter besuche ich Magda und Johannes. Johannes hatte vor Monaten einen Schlaganfall. Seine Frau kümmert sich ganz liebevoll um ihn. Ja, sie macht mit ihm Bewegungs- und Sprachübungen. Mit Tränen in den Augen berichtet sie vom Leidensweg ihres Mannes – und dem eigenen.

Frau Agatha wird dieses Jahr 90. Schon seit Jahren lebt sie in ihrem Zimmer. Auch ihre Beine lassen sich nur schlecht bewegen. Aber was die Politik oder Familie angeht, ist sie immer auf aktuellem Stand. Ihre Tochter kann ein Liedchen von der Mutter singen. Ich glaube, Frau Agatha kann auch ganz schön fordernd sein oder ein schlechtes Gewissen machen, wenn sie nicht beachtet wird. Die Kranke ruft, so kommt es mir vor, - die anderen springen: aus Gehorsam oder moralischem Druck durch sich selbst oder aus Liebe.

Noch ein Besuch: Frau Fisch ist die absolut coolste Omi „auf der Krankenkommunion." Ich finde sie unheimlich auf Beziehung mit Menschen und Kommunikation mit ihnen angelegt. Am liebsten wäre es ihr, wenn viele Menschen sie besuchen. Gerne sich sitzt sich während des Sommers auf ihrer Sitzbank vor dem Haus.

Zu mir meint sie: „Ich wusste gar nicht, dass wir einen so schönen Pastor haben." Leicht errötend versuche ich das Gesprächsthema zu wechseln. Ich sehe an ihrem Gesicht, dass sie nicht einverstanden ist. „Der liebe Gott, möchte sie heute besuchen." Und ich weise auf die Krankenkommunion. „Dann wollen wir halt beten", gibt sich Frau Flesch in ihr Schicksal – und betet mit.

Mittlerweile habe ich großen Hunger. Es ist Mittag. Wir einigen uns auf eine der Dienstags-Essens-Lieferanten. Bei „Ulfi" gibt es Schaschlik – und habe ich den Job eines Mitarbeiters von „Essen auf Rädern" angenommen, indem das Essen abgeholt und geliefert wird.

In Rainfeld begegne ich trauernden Menschen in schwarzer Kleidung. Sterbeamt und Beerdigung. Schon wieder „umschalten". Vor wenigen Minuten noch Späße am Mittagstisch und nun getragenes Orgelspiel. Meine Aufgabe ist es, Hoffnung, Zuversicht und Glaube an die Auferstehung nach christlichem Glauben zu vermitteln. Ob mir dies gelingt, bezweifele ich oft. Manchmal habe ich den Eindruck, dass ich in eine Art Nebel spreche in der Hoffnung, dass die Worte auf jemanden treffen, die einen anrühren. Die Reaktionen waren oft gleich null, nur wenn ein besonders tragischer Sterbefall vorliegt, werde ich angesprochen: „Vielen Dank für die Worte". Leider kann ich neben ein wenig Zeit und Mitgefühl nicht mehr geben. Denn der nächste Einsatzort „ruft".

Diesmal am gegenüberliegenden Ende des Zuständigkeitsbereichs: Bürostunde. Mit einem lauten „Hallihallo" schließe ich die Türe auf. Schließlich soll niemand erschrecken, wenn ich erscheine. Es sind nur die Unterschriften unter

Rechnungen und Spendenbescheinigungen zu leisten, und einige Fragen sind zu klären, nichts Dramatisches. Prima, denke ich, greife noch drei neue Pfarrbriefe, um einen im Auto, einen zu Hause und einen im Zentralbüro zu deponieren. „Ok, dann zum nächsten Mal. Haltet die Stellung! Tschüss" und schon schnappt die Türe ins Schloss und ich bin auf dem Weg zum Abendgottesdienst in Buntbach. Die Filial-Kirche haben die Menschen des Ortsteils vor über 50 Jahren in Eigenarbeit errichtet. Entsprechend stolz sind die Bewohner, was auch in der Beteiligung am Gottesdienstbesuch abgelesen werden kann. Die Kapelle ich ziemlich voll. Die Küsterin erwartet mich schon. „Schön, dass sie kommen", meint sie und hält schon das Messgewand bereit. „Wenn es möglich wäre, würde ich gerne nur die Albe mit der Stola anziehen. Wissen sie, ich schwitze bei diesen sommerlichen Temperaturen wie ein Pferd." Es sind immerhin 28 Grad. Die Messdiener lachen und ich mit ihnen. Die fünf Messdiener, begrüßen und verabschieden bei mir: immer mit Handschlag. Da ist noch ein wenig Stil im miteinander, was ich auch angenehm empfinde. „Jetzt müssen wir raus! Der Gottesdienst beginnt.", flüstere ich ihnen zu. Sie grinsen, als ich anfüge: „Narhalla-Marsch, bitte!"
Zurück im Büro bittet die Rendantur, das Büro für die Finanzen der Kirchengemeinde, über Anrufbeantworter um Rückruf. Es geht um eine

Rechnung, die angewiesen werden soll, aber dem Sachbereich nicht zugeordnet werden kann. Schnell geklärt! „Wenn alles so schnell und unkompliziert zu lösen wäre!", denke ich. Und deshalb arbeite ich auch gerne mit den Männern und Frauen der Rendantur zusammen. Der Rest des Tages ist der Büroarbeit vorbehalten.

Heute ist eine Anfrage der Verbandsgemeinde zu bearbeiten. Es geht um die Vermietung des Pfarrhauses in Seedorf an die Gemeinde. Als nächstes muss ich die Ausschreibung für eine Reinigungskraft im Pfarrhaus Grundhausen formulieren und eine Absage an den Musikverein Rainfeld. Leider kann ich nicht zu deren Jahreskonzert kommen und entschuldige mich. Ich bin kein Büro-Mensch, meine Ausbildung und Studium beschränkte sich auf Theologie und Philosophie und Pastoral. Manchmal wünsche ich mir ein paar Semester Jura oder Betriebswirtschaft auf der Universität gehört zu haben. Mir fehlen Kenntnisse. Was hilft mir Lesen im hebräischen Urtext wie ich es im Studium gelernt habe, wenn Rechtskenntnisse für eine Einstellung fehlen. Oder die Geschichte der ersten Päpste sagt mir nichts zum Führen der Buchhaltung, auf die in einer Pfarrei nicht verzichtet werden kann. Mit Hilfe der Rendantur und aus Erfahrungen der Berufsjahre gelingt die Büroarbeit.

Der Abend gestaltet sich ruhig. Auch einmal Zeit nach dem Motto: „Kerze an, Füße hoch!" zu handeln.

Da frage ich mich, ob meine Ausbildung als Theologe nicht auch die Ausbildung für das Zertifikat „Mensch für alles" beinhaltet? Jedenfalls kommt es mir manchmal so vor.

(4) Die Frauengemeinschaft feiert und der Pfarrgemeinderat schuftet

Der neue Pfarrbrief wartet auf seine Auslieferung in Lallingen. Voll bepackte Taschen hängen an den Türpfosten, um mitgenommen zu werden. Rein ins Auto und zur Familie Bang. Sie verteilt seit vielen Jahren zuverlässig die Informationsblätter an die Austräger, die sie in die Haushalte bringen. Dieses System funktioniert in allen Orten der Pfarreiengemeinschaft. Bevor ich die Taschen an die Haustüre hängen will, öffnet sich sie sich. „Ich hab´ sie schon gesehen", schmunzelt Frau Bang und nimmt die Pfarrbriefe entgegen. „Vielen Dank und ihnen noch einen schönen Tag!"
Zurück zur Kirche. Die Frauengemeinschaft feiert ihr 35jähriges Jubiläum. Fast nur – wie so oft – Frauen im Gottesdienst. Die Vorsitzende hat einige Texte und Fürbitten ausgesucht. Und sie macht das gut. In solchen Momenten würde ich es als besonders sinnvoll erachten, wenn Frauen dem Gottesdienst auch vorstehen. Als Priester-Mann komme ich mir dann so überflüssig vor; als jemand, der unter Frauen der „Hahn im Korb" ist. Nach dem Gottesdienst lädt die Frauengemeinschaft zum Frühstück in das Bürgerhaus ein. Es schmeckt, und in Gemeinschaft schmeckt es mir noch besser. Allein esse ich leider oft genug. Es wird über das

Wetter, die Kinder und das Neueste aus der Gemeinde erzählt.

Zurück im Büro erwartet mich, wie immer um diese Zeit, die Post: sowohl die normale Briefpost als auch die E-Mail-Post. Ein paar Rechnungen, die in den Korb „Rendantur" wandern, sind mit einer Messbestellung auch dabei. Dies ist schnell erledigt. Und wieder ist es Mittagszeit. Im nahegelegenen Gasthaus gibt es ein Stammessen. Jeden Tag steht ein anderes Gericht auf der Liste. Heute gibt es Jägerschnitzel mit Pommes frites und Salat. „Kaufen", sage ich. Ich schnappe mir den roten Plastikkorb, der mich an „Rotkäppchen" oder hier „Rot-Körbchen" erinnert, stecke etwas Geld ein und hole das Essen. Der Tisch im Besprechungsraum ist gedeckt und für eine angenehmere Atmosphäre eine Kerze entzündet. Ich komme mir wirklich wie Rotkäppchen im Märchen vor als ich mit dem Korb wieder zum Haus zurückkomme. „Guten Appetit!"

Nach einer kleinen Pause laufe ich in den Wohnung und suche die Bücher für den Gottesdienst in Velkenroth zusammen. Velkenroth ist die am weitesten entfernte Filiale meines Dienstbezirks, der sich über 15 Dörfer und 180 km^2 erstreckt.

Doch zurück nach Velkenroth. Die Küsterin und die Messdiener sind schon da. „Guten Tag, Frau Küsterin, hallo ihr Männer." Da keine Musik wie ein Organist zur Verfügung steht, suche ich die Lieder aus dem Gesangbuch. „Kennt ihr Lied Nummer 258? Alles meinem Gott zu Ehren" – „Ja, können wir singen! Ist bekannt" – „Prima". Kurz vor Beginn des Gottesdienstes gilt für alle Messdiener der Satz: „Unsere Hilfe ist im Namen des Herren" als Startschuss für den Beginn. Mit der Antwort: „Der Himmel und Erde erschaffen hat", ziehen die Messdiener die Eröffnungsglocke. Die Besucher erheben sich von ihren Sitzplätzen und, wenn vorhanden, ertönt die Melodie des Eingangsliedes von der Orgel. Heute sind viele Gottesdienstbesucher anwesend. Da mache ich mir Gedanken: liegt es am Wetter, an den Menschen, für die gebetet wird, an der Uhrzeit, an …. Ich weiß es nicht.

Zurück im Büro hat eine Mutter auf dem Anrufbeantworter angefragt, wann die nächste Taufe sei und was man alles beachten werden muss. Ich rufe an und vereinbare, dass sie zur Bürozeit ins Pfarrhaus kommt und die schriftliche Anmeldung erfolgt. Auch einen Termin könnte man dann aushandeln.

Ein wenig in den Wochen-Angeboten einschlägiger Werbeblätter geschnuppert und es geht weiter zum Pfarrgemeinderat in Grundhausen. Zunächst ist keiner zum verabredeten Zeitpunkt anwesend. Ich schaue nochmals auf die Einladung. Vielleicht habe ich mir ja einen falschen Termin gemerkt. Nein, ich habe mich vergewissert: richtige Zeit und richtiger

Ort. Na schön, dann warte ich. Und da kommt schon die Vorsitzende um die Ecke. Kurze Begrüßung und dann kommen auch die übrigen Ratsmitglieder. Die Sitzung kann beginnen. Ich kann es nicht haben, wenn jemand unpünktlich ist – und erst recht ich selbst. Schließlich ist Zeit ein kostbares Gut, das so knapp ist, dass kaum einer etwas davon hat. Und die Zeit läuft gnadenlos weg. Daher bemühe ich mich immer pünktlich, nicht nur möglichst, zu sein.

Bei allen Themen der Sitzung versuche ich die Aspekte der Nachhaltigkeit und der Gemeinsamkeit zu verknüpfen. Für viele ist es neu, auch die Belange und Verknüpfungen von anderen Pfarreien, geschweige denn die der Nachbarpfarreien, im Blick zu halten und in Dimensionen von neun Kirchengemeinden mit ihren Eigenarten und Wünschen, wahrzunehmen. Für mich, so habe ich formuliert: „Tägliches Brot". Doch das „Brot" wird täglich härter. Die Menschen verstehen nicht, dass sie keine andere Alternative zu der kirchlichen Arbeit in ihrem „kleinen" Dorf haben. Da gibt es durchaus Kritiker die vor Briefen an den Bischof nicht zurückschrecken. Der Tenor dieser Brief ist: wie kann der Pastor, um eine Gemeinschaft aus Pfarreien aufzubauen, unser Dorf nicht behandeln als ob „wir" einen eigenen Pastor hätten. Ja, früher, früher hatte jedes Dorf seinen Pastor. Das waren noch Zeiten! Aber durch den

Priestermangel betreut ein Pastor mehrere Pfarreien. Spielt man auf Basis der alten Strukturen den Einsatz durch, bedeutet das bei 8 Kirchengemeinden: 8mal Pfarrgemeinderat, 8mal Verwaltungsrat, 8mal Kirmes, 8mal… Wenn auch mittlerweile Ansätze zur Zusammenlegung bestehen, bleibt bei vielen – wo ich nicht auftauche - der Ausspruch: „Sind sie auch mal wieder da?!" Wenn auch einer mal nach dem Warum fragen würde…

Den Abschluss der Pfarrgemeinderatssitzung bildet – fast schon ritualisiert – das Aushandeln des nächsten Sitzungstermins. In seltenen Fällen wird sofort ein Termin vereinbart. Meist sind die Termine mit Urlaubs-, Geburtstags-, oder Handwerkerterminen ausgebucht, um alle „unter einen Hut" zu bringen. Nach einiger Zeit findet sich dennoch ein Datum. Und in meinem Terminkalender steht schon wieder ein neuer Termin.

(5) Segnen und Spielen

Schaue ich mir heute beim Frühstück die Aufgabenstellung des Tages an, kann ich wieder einiges Erleben, und das Erleben bezieht sich bestimmt nicht nur auf die darin enthaltenen Überraschungen.

Es geht zunächst nach Schellmerich: seit einigen Wochen habe ich eine Einladung zur Einsegnung des neuerrichteten Bürgerhauses. Dahin geht's. Ausgestattet mit Stola, Weihwasser und Segensbuch melde ich mich beim Einladenden: dem Bürgermeister. „Schön, dass sie kommen konnten." – „Naja", meine ich, „es gehört zu meinen Aufgaben und es ist ja schön, wenn Menschen um Gottes Segen bitten, dann komme ich auch gerne. Besonders, in den kleinsten Ort des Kirchengebiets. Wissen Sie, die Kleinen haben so einen eigenen Charme."

In der Tat entpuppt sich die Veranstaltung als Fast-Familien-Feier. Fast das ganze Dorf, kommt zur Einsegnung „ihres" Gemeindehauses. Darüber hinaus findet sich noch jede Menge Prominenz ein: der Bundestagsabgeordnete, der Landtagsabgeordnete kommt später, der Verbandbürgermeister, Vertreter der Verbandsgemeinde, der Ortbürgermeister natürlich und meine evangelische Kollegin aus Stoll am Berg. Ich frage mich immer wieder bei solchen Anlässen, warum Bundes- oder Landespolitiker oder – Politikerinnen eingeladen werden müssen. Gut, es wurden Steuermittel, die jene Vertreter befürwortet haben eingesetzt – das ist schließlich ihre originäre Aufgabe als Volksvertreter – und nun möchte man sich mit einer Einladung zum Abschluss des Projektes bedanken. Doch manchmal kommt es mir vor, als ob der Erfolg einer Veranstaltung von der Stellung der Eingeladenen abhängt. Wo doch in der Regel die Menschen vor Ort, jedenfalls bei gemeindlich intakten Orten, - und die erlebe ich meistens – die meiste Arbeit leisten. Sie investieren nach ihrer eigenen Tagesarbeitszeit im Beruf anschließend Stunden ehrenamtlicher Arbeit. Und selten wird das honoriert. Selbst beim Imbiss oder Festessen zum Abschluss des Projektes tragen sie die Speisen und Getränke auf. Vielleicht sollten die Politiker und Festredner die Aufgabe des Bedienens übernehmen? Das wäre Anerkennung des Engagements!

Aber um auf die Einsegnung des Bürgerhauses in Schellmerich zurückkommen: Nach – und nicht vor – den Reden der Prominenz segnen die evangelische Pfarrerin und ich das Gebäude ein. Da die evangelische Pfarrerin kein Weihwasser verwendet, schraube ich mein Weihwasserfläschchen auf und segne damit die Räume. Aus der Form des Fläschchens könnte meinen, dass Alkohol, ein feiner Klarer, als

Weihwasser verwendet würde. Darum warne ich die Anwesenden mit Hinweis auf das Gefäß: „Es ist kein Schnaps drin." Und ich blicke in schmunzelnde, ungläubige Gesichter. „Wer´s nicht glaubt, kann gerne riechen!" Damit sind auch die letzten Skeptiker überzeugt.

Schön fand ich an dieser Einsegnung, dass der jüngste Einwohner in Schellmerich, der fünfjährige Moritz, das Kreuz als Zeichen einer christlichen Gemeinschaft im Saal aufhängen durfte. Schließlich soll er hier auch nach seinen (vielleicht geringen) Kräften Hand angelegt haben. Der Ortsbürgermeister hebt ihn hoch. An den Nagel, an den das Kreuz aufgehängt wird, kommt Michael noch nicht.

„Bleiben sie noch ´was?", höre ich jemanden fragen. „Ja, so ein bisschen. Gleich muss ich zu den Kommunionkindern dieses Jahres. Sie feiern heute ihren Abschluss mit einem Fest." Also trinke ich noch ein Glas Sprudel, ehe es für die Festbesucher zum Essen und für mich zu den Kommunionkindern geht. „Vielen Dank für die Einladung. Bis zum Wiedersehen!" Ich verabschiede mich und gehe zum Auto.

Kaum liegt die Gabel nach dem Mittagessen neben dem Teller und der Espresso windet sich durch die Därme, geht´s zu den Kommunionkindern oder wie sie auch kurz Mitarbeiter-intern „Kokis" genannt werden.

Als Abschluss des diesjährigen Kommunionkurses ist eine kleine Andacht mit anschließender Schatzsuche und Nudelessen, geplant.

Gott sei Dank, das Wetter ist schön. Damit ist schon viel für die Bereitschaft zur Teilnahme gewonnen. Leider haben sich nicht alle Kommunionkinder angemeldet. Sei es aus Zeitgründen oder Vergesslichkeit oder Bequemlichkeit. Ein Phänomen, dass mich viele Jahre beschäftigt: Vor dem Tag der Erst-Kommunion, das heißt in den Monaten der Vorbereitung sind die Motivation und das Engagement der Eltern und Kinder in der Regel recht hoch. Mit dem Tag der Erstkommunion stürzt dies ins Bodenlose ab. Während vor der Erstkommunion noch etliche Kinder zum Gottesdienst kommen – schließlich ist die Erstkommunion ja nichts anders als die Einführung in den Gottesdienst und die Gemeinschaft der Glaubenden – ist eine Woche später kaum noch ein Kommunionkind im Gottesdienst zu entdecken. Vor ein paar Jahren lag diese Phase noch bei drei Wochen! Aber die Teilnahme am Abschluss des Kommunionkurses liegt so gesehen doch recht hoch.

Und die Kinder haben ihren Spaß. Wenn die anfängliche Andacht für viele als ein Muss verstanden wird, denn schließlich sind wir der „christliche Verein", fallen beim Beten des „Vater unsers" mit den Händen alle Hemmungen ab. Das ist cool mit Händen zu beten!

Bei der Schatzsuche müssen Gruppen zu fünft oder sechst an verschiedenen Stationen Aufgaben lösen. Erst dann werden sie weitergeschickt, um den Schatz zu heben. Eine Dose mit leckeren Süßigkeiten für jede Gruppe wartet mitten im Wald. Und wie es sich für richtige Schatzsucher gehört, wird der Schatz auch gerecht geteilt. Mit großem Hunger und Durst beginnt nun das Schatzsucher-Essen. Nicht, dass man sich gegenseitig aufisst, nein, für die tapferen Streiter hat ein Gastronomiebetrieb Nudeln mit Hackfleischsoße gekocht. Freudig stürzen sich die Kokis auf das Essen. Jeder will natürlich der oder die Erste sein. Doch der Hinweis, dass allzu stark Drängelnde an das Ende der Schlange gestellt werden, lässt ein wenig Entlastung und Ruhe spüren. „Und wie schmeckt´s?", frage ich. „Guut", ist die Antwort. Der verschmierte Mund und leuchtenden Augen unterstreichen die Aussagen, ohne dass noch viele Worte gewechselt werden müssen.

„Dann, vielen Dank allen Helferinnen und Helfern für den schönen Nachmittag. Kommt gut nach Hause! Und vielleicht sehen wir uns bald wieder!" Dies ist eine Aussage, die besser als Frage formuliert wäre. Denn viele der Kokis werden so schnell keine kirchlichen Kontakte haben. Leider!!!

Mit dieser Erkenntnis haben wohl alle kirchlichen Mitarbeiterinnen und Mitarbeiter zu rechnen. Aber etwas dagegen tun, können sie auch nicht. Und hier reihte ich mich ungern ein...

(6) „Unsere Oma ist tot"

Wie üblich beginnt der Tag nach dem Frühstück und dem Lesen der Lokalzeitung, die eigentlich so wenig Gehalt hat, dass man sie bestens als eine Unterlage für die Kartoffelschalen nutzen kann. Zu wenig Information und Berichte aus den Dörfern, mahne ich an. Und das bisschen, über das dann berichtet wird, ist meist im Inhalt verdreht oder stimmt meist nicht mit dem Ablauf einer Veranstaltung überein. Dann ärgere ich mich jedes Mal mehr oder weniger. In letzter Zeit weniger, weil ich merke, dass ich abstumpfe gegen den Inhalt der Druckerschwärze. Ok, das Telefon klingelt (mal wieder). „Pfarramt Schellweiler, Thomas Linnartz", melde ich mich. „Meine Mutter ist heute in der Frühe gestorben." – „Mein Beileid" – „Ich wollte fragen, wann denn die Beerdigung sein kann?" – „Wann haben sie denn gedacht?" Und so handeln wir einen Termin zur Beerdigung aus. Denn nicht nur ich oder ein anderer Priester, der das Sterbeamt hält, müssen Zeit haben, sondern auch die Organisten. Küster und Messdiener haben Dienst auf Abruf. Wenn ein Sterbeamt ist, dann sind sie da. Das ist toll! Nur bei den Organisten ist mittlerweile ein Engpass wie bei den Priestern. Entweder sind sie werktags berufstätig oder sie sind so alt, dass ich mich nicht traue, sie einzusetzen. Doch in der Regel hat alles bisher gut geklappt. Und die Orgel spielte bisher an jedem Sterbeamt für den oder die Verstorbene.

Neulich jedoch, so fällt mir ein, fragte ein Angehöriger, ob denn ein Sterbeamt sein müsse. Das dauere doch so lange und ob man nicht ein wenig länger auf dem Friedhof beten könne. Diese Argumentation war neu für mich: Die Zeit als ausschlaggebendes Kriterium für die Verabschiedung von einem Verstorbenen? Ist das nicht der letzte Dienst, die letzte Gelegenheit sich von dem Verstorbenen, sei es Ehemann oder Ehefrau, Mutter, Vater, Onkel, Tante, … zu verabschieden? Der letzte Kontakt steht unter dem Kalkül der Zeit. Ich mich erst einmal schlucken. „Meinen sie nicht", fragte ich, „dass sich ihre Mutter sehr über sie wundern würde. Ich glaube kaum, dass sie es verdient hätte." Dieses Argument scheint zu überzeugen und schnell haben wir dann einen Termin für Gottesdienst und Beerdigung gefunden. Und die Zeit spielt nun überhaupt keine Rolle mehr. Sogar über das Gebet der Gemeinde am Vorabend der Beerdigung gibt es keine Diskussion mehr.

Ich kann mir vorstellen, dass in Zukunft immer mehr die Anfragen kommen werden, ob denn überhaupt Sterbeamt sein muss. Beisetzung oder Beerdigung gilt als selbstverständlich. Aber Sterbeamt, in die Kirche gehen, in der Öffentlichkeit Trauer zeigen… für immer mehr Angehörige eine Horror-Vorstellung.

Die Vermutung liegt nahe, dass der Bezug zur Kirche für die Angehörigen in diesen Fällen als sehr gering zu bezeichnen ist. Aber schön, wenn auch diese Menschen, sich daran erinnern, dass es einen Gott gibt, die Verstorbenen an ihn geglaubt haben und sie in sein ewiges Reich geleiten möchte. Gott, sei Dank!

Im konkreten Fall bin ich nach dem Telefonat zum sogenannten Trauerbesuch gefahren. Ich verstehe diesem Kontakt mit den Angehörigen als Erstkontakt mit der kirchlichen Institution nach dem Heimgang des oder der Verstorbenen. Wir unterhalten uns über das Leben und den Tod und dessen Umstände. Trauer, Wut und Fragen sind oft zu beobachten. Doch auch die Hoffnung und die Zuversicht, die in Gott liegt, müssen zur Sprache kommen. Da sind auch Zweifel durch aus möglich. Oder auch Verständnis für den Tod – nach langem Leiden.

„Wie viel Uhr haben wir denn?", frage ich im Büro. „Kurz vor sechs." – „Au weia, da muss ich mich sputen. Um halb sieben ist Gottesdienst in Spätkulm. Da muss ich hin!" Schnell schnappe ich mein kleines Schott-Messbuch, die Autoschlüssel und den Führerschein – und weg bin ich, Richtung Spätkulm. Auf der Fahrt zur Kapelle überlege ich, welche Lieder ich anstimmen könnte. Als Abschluss steht „In dieser Nacht sei du mir Schirm und Schild" fest. Gut, Gabenbereitungs- und Heiliglied sind auch schnell während der Fahrt ausgesucht. Doch ein Lied zum Beginn des Gottesdienstes will mir nicht einfallen. Ich verlasse mich auf meine Spontaneität. Und tatsächlich, nach sieben weiteren Kurven, zwei Bergen und drei Abbiegungen, habe ich Text und Melodie m Kopf: es ist Gotteslob, Nummer 304: Zieh an die Macht, du Arm des Herrn. Ich bin kein guter Sänger und habe große Hemmungen Lieder anzustimmen – seit einige Messdiener beim Anstimmen eines Liedes nicht nur mit den Gesichtern feixen, sondern mehr oder weniger darüber lachten. Dieses Ereignis steht mir bei jedem Lied, bei dem ich Stimmbänder und Gedanken bewege, vor Augen. Doch Erfahrung und Übung gaben mir Sicherheit. Und ab und zu sagen die Leute dann auch: „Haben sie heute aber gut gesungen." Dann freue ich mich. Aber ich werde beim nächsten Mal nicht wieder singen. So sicher bin ich dann doch nicht oder ich rede es mir ein – der Mut dazu reicht dann doch nicht. In einen Kirchenchor mit zu singen, wurde mir schon vorgeschlagen. Doch in welchen Kirchenchor, in welchem Ort, soll ich singen? Zum einen fehlt mir die Zeit. Und zum anderen schielen bestimmt die anderen Kirchenchöre, bei denen der „Pastor" nicht singt, auf die Gesangkünste. Wenn die wüssten, was ich für eine Blechtröte bin….

(7) Zwischen Kindern und Wasserpfützen

Mit einem Morgen-Song, den ich spontan und kreativ heute Morgen komponiere, geht es nach dem Aufstehen und Rasieren ans Frühstück. „Komm, o liebe Sonne, mach´ warm den Tag und auch das Herz. Schicke deine Strahlen viel, überall ins Dunkel hin." Dabei kommt es mir weniger auf den Reim an, als vielmehr auf die Sätze und deren Rhythmus zu einer wie auch immer komponierten Melodie. Und was mir auch wichtig ist: Ich höre eine Stimme. Ich bin dann nicht allein und stelle mir vor, dass es noch mehr Menschen im Haus gibt. Ab und zu stelle ich auch das Fernsehen zum Frühstück an. Mir wird bewusst, dass ich allein bin. Das stimmt mich sehr oft traurig. Besonders deutlich wird mir dies, wenn ich abends von einer Sitzung komme und so richtig Redebedarf habe. Nur die Wände hören zu… Und es geht weiter. Die Probleme oder Sorgen werden in der Ruhe der Nacht gewälzt….

Umso mehr freue ich mich, wenn das Haus bevölkert wird, wenn die Mitarbeitenden die Haustüre zum Dienstbeginn aufschließen. Dann wird „et Mäschinsche", ein liebevoller Kosename für die Kaffeemaschine, im Büro eingeschaltet. Und wenig später beginnt bei einer Tasse Kaffee die Arbeit: Telefon, Post, Eintragungen, Besuche,

Recherche, Entscheidungen, Gespräche, Leitung von Gruppen, ja und vieles andere mehr.

Und im Büro klingt wieder das Telefon. Die Sekretärin den Hörer in die Hand, ein Moment der Stille, dann: „Das weiß ich nicht. Da muss ich mal den Chef fragen." Und sie reicht mir den Telefonhörer weiter. – „Hallo, Thomas Linnartz, um was geht es denn? – Moment, da muss ich ´mal in den Kalender schauen. Haben sie einen Moment Zeit?"

Ein Paar, das Goldene Hochzeit feiern möchte, bittet um einen Termin zum Gottesdienst. Schließlich wollen die Paare ja auch frühzeitig planen können und Einladungen versenden. Manchmal sind die Wünsche nicht erfüllbar. Dann wird um Wochentag und Uhrzeit gefeilscht. Dann gilt es einen Kompromiss auszuhandeln. Schließlich sollen sie ein schönes Fest feiern. Dank meiner Büro-Crew klappen die Termine auch (fast) immer. „Der (Pastor) macht den Gottesdienst auch ganz besonders schön". Fehlt nur noch, dass sie sagen: „Extra für sie!" Das ist gut. Das überzeugt. Dafür bin ich ihnen dankbar. Auf Grund der guten Werbung und dem überzeugenden Charme der Beiden gibt es kaum Probleme mit den Jubelpaaren einen Termin für das Fest der Goldenen Hochzeit zu finden.

So ist es heute Vormittag doch ruhig. Vielleicht die Ruhe vor dem Sturm? Als ob ich es geahnt hätte, klingelt nach dem Mittagessen die Sicherheitsbeauftragte des Kindergartens in Schellweiler. „Es hat heute so viel geregnet. Im Kindergarten hat sich im Flur eine große Wasserpfütze gebildet. Das Wasser ist die Decke heruntergetropft. Was sollen wir tun?" – „Das hört sich nicht gut an. Wissen sie `was? Ich komme mit in den Kindergarten und schau´ mir mal das Malheur an. Wenn sie vorgehen wollen, ich bin gleich hinter ihnen." Schnell schnappe ich mir die Digitalkamera zur Dokumentation des Schadens und den Anorak zur Regenabwehr, stiefele in Richtung Kindergarten. Als sich die Eingangstür schließt, tönt aus vielen Kinderkehlen: „Nudel! Nudel!" Damit meinen die Kindergartenkinder mich. Schließlich habe ich ihnen den Namen vorgesagt: „Du bist die Tortellini-Nudel, du bist eine Spaghetti-Nudel und du eine Rigatoni-Nudel." Wenn aber mehr als sieben Kinder eine jeweils andere Nudelsorte sein wollen, weiß ich keine Nudelsorte mehr. So viele Nudelsorten kenne ich auch nicht. Spaghetti, Tortellini, Farfalle, Rigatoni, Penne, Makkaroni und Tagliatelle sind ja noch die bekanntesten. Aber bei Orecchiette oder Rondine verstehen mich die Kinder auch nicht mehr… Beim nächsten Besuch in Italien will ich noch ein paar Nudelsorten kennen lernen und natürlich auch essen. „Leute, ich muss mich um die Probleme mit dem Wasser kümmern. Wenn ich fertig bin, komme ich wieder zu euch, ja?" – „Nein, wir wollen jetzt mit dir spielen!" – „Tut mir leid, aber ich habe zu tun. Wenn ich jetzt nicht gehe, kann ich nicht zu euch kommen." – „Och, schade!"

Es sieht nicht gut aus. In welcher Ecke die Pfütze entstanden ist, ist beim besten Willen nicht auszumachen. Da gibt es keine Spuren von wo das Wasser kommt. Wahrscheinlich hat der Marder, der seit Jahren sein Unwesen im Speicher treibt, irgendetwas mit dem Wasser zu tun... Vielleicht?! ...hat er ein Loch in die Fassade gefressen? Wie dem auch sei, eine Spezialfirma sollte kommen und das Leck orten. So meint es jedenfalls Herr Schimmer, der Fachmann im Verwaltungsrat der Kirchengemeinde für Bauangelegenheiten. Wenig später ist eine Firma in Treb beauftragt. Und das war schon wieder ein Spezialjob für mich: Baufachmann.

(8) Schulentlasstag

Wenn es eine Art „Großkampf-Tag" gibt im Sinne von „da-ist-einiges-los", dann ist der heutige Tag darunter zu zählen: Es ist Schulentlass-Tag. Es gibt Ferien für die Schülerinnen und die Schüler erhalten ihre Jahreszeugnisse, werden gegebenenfalls in eine höhere Klasse versetzt oder wechseln im vierten Schuljahr die Schulform. Sechs Grundschulen bestehen im Gebiet der Pfarreiengemeinschaft.

Ich habe die Abschlüsse in der Kirche mit den Mitarbeitenden abgesprochen, damit nicht alle Gottesdienste von einer Person gehalten werden müssen oder auf einer Schulter lasten. Und auch mit der Zeit ginge es ja überhaupt nicht hin…Schließlich hat der Vormittag auch nur vier Stunden.

Nachdem der Lärmpegel in der Kirche über das normale Maß gestiegen ist, Stimmen und Geräusche in ein undefinierbares Gemurmel vereinen, weiß ich, dass die Schüler und Schülerinnen mit ihren Lehrpersonen angekommen sind. Was haben denn die Kinder jetzt noch zu befürchten. Zeugnisse sind geschrieben und die Ferien winken sehr heftig. Ich glaube, die Lehrpersonen sind froh über diesen „letzten Gang" vor den Ferien. Jedenfalls grinst Herr Rosmelfinger erleichtert. Sonst schaut er eher ernst und streng aus. Mit dem Ziehen des Glockenspiels versuche ich Ruhe und Aufmerksamkeit in der Kirche zu erzeugen. Es gelingt nur zum Teil. Erst als die Musikgruppe das erste Lied zu spielen beginnt, kommt Konzentration und Ruhe in das Gebäude. Als dann noch ein Spiel von den Schülern, die auf eine weiterführende Schule gehen werden, aufgeführt wird, herrscht wirklich Stille. Gebannt verfolgen alle den Verlauf. Schön haben sie es gemacht. An mir liegt es nun das Spiel in einem christlichen Kontext zu deuten. Die Geschichte der Kindersegnung im Markus-Evangelium nehme ich zum Ausgangspunkt meiner Ausführungen. Jesus kennt die Menschen, er ist begleitet uns in unserem Leben, auch in den Ferien und in dem neuen Schuljahr. Mehrere Schüler beginnen zu gähnen und mit den Köpfen zu wackeln. Jetzt weiß ich, dass meine Ausführungen zu langweilig werden. Es ist genug, ich sollte zum Ende kommen. „Wir singen nun das nächste Lied." – „Gottes Liebe ist so wunderbar." Mit Handbewegungen wird das Lied im Kehrvers verdeutlicht. Ich höre die Kinder singen: „… so groß, was kann größer sein?" Und schon strecken alle die Arme nach außen. Die Akteure freuen sich – auch in der Kirche. Ich hoffe, dass sie gute Erfahrungen im Kirchenraum machen. Schließlich gilt immer noch die Maxime: In der Kirche muss man still sein, tanzen oder Bewegungen sind verboten. Hier und heute wird dieses Verbot durchbrochen. Allerdings weiß ich auch, dass es sehr schnell geht, wenn die in der Liturgie unerfahrenen Schüler meinen, dass sie auf einem Fußballplatz seien und für jeden Angriff der Heimmannschaft in Gejohle und Klatschorgien verfallen müssten. Ich lege den Finger auf die Lippen. Psst! Es klappt und der Gottesdienst nimmt seinen weiteren Verlauf. Bevor der Gottesdienst beendet wird, wünsche ich allen – auch im Namen von den Mitarbeitenden – „… schöne und erholsame Ferien! Bis wir uns wiedersehen, macht´s gut! Ciao."

Auch der zweite Schulentlass-Gottesdienst läuft ähnlich ab. Ich bin immer froh, wenn alles gut verläuft. Vor einigen Jahren applaudierten die Schüler und Schülerinnen nach jedem Wechsel der Akteure im Altarraum. Als die 2. Klasse ein Lied gesungen hatte, begann ein lautes in-die-Hände-Klatschen. In mir stieg der Ärger über die in meinen Augen „Entweihung und Profanvisierung des Kirchenraumes" auf. Als die 3. Klasse ein Spiel aufgeführt hat, beginnt wieder ein lautes Händeklatschen. Wieder steigt der Ärger über die in meinen Augen „Entweihung und Profanvisierung des Kirchenraumes" auf. Und als die 4. Klasse die Fürbitten vorgetragen hatte, begann wieder ein lautes Händeklatschen. Hier platzte mir der Satz heraus und hauche ihn nicht ganz sanft ins Mikrofon: „Wir sind nicht auf dem Sportplatz!!!" Aber selbst die Mikrofonanlage machte bei aller Deutlichkeit der Worte und des Tumultes nur ein Säuseln daraus. Man kann sich vorstellen, dass ein Hinnehmen oder eine Akzeptanz der Fußball-Stadion-Atmosphäre in der Kirche zu weiteren Ausbrüchen im Gemeindegottesdienst am Wochenende geführt hätte. Diese Situation hätte keiner unter Kontrolle bringen können. Noch lauter, rufend, bellte ich in das Mikrofon: „Leute, wir sind nicht auf dem Sportplatz! Seid bitte leise und unterlasst das Klatschen!!!!" Die Lehrer und Lehrerinnen, die hören nun auch meinen verzweifelten Aufruf. Schnell stören sie ihre Schüler und Schülerinnen. „Psst, seid leise! Lasst das sein!", zischeln sie.

Mit einem leichten Anflug von Dankbarkeit für den schönen und ohne zur La-Ola-Welle ausgearteten Schulentlassgottesdienst verlasse ich die Kirche. Die Ferien liegen vor den Kindern – und auch vor mir. Vielleicht deshalb freue ich mich trotz allem Ärger auf die Schulentlassgottesdienste.

Schon wartet ein Vertreter eines Verlages, der in einer großen Auflage Kalender für alle Bezieher des Pfarrbriefes, anbietet. Aus der Werbung von Firmen der Gegend finanziert er das Vorhaben. „Für die Pfarreien ist auch noch eine Spende drin", meint er. „Und was muss ich sonst noch tun?" – „Sie brauchen nur…" Naja, denke ich, das müsste zu schaffen sein. Die Sekretärinnen haben in dieser

Stunde schon wieder eine neue Aufgabe bekommen. Ich weiß, statt sie zu entlasten, verschaffe ich ihnen noch mehr Arbeit. Doch ich bin überzeugt, dass sich die Arbeit für die Kalender auszahlen wird. Zu einen, weil die Informationen neben dem Kalendarium auf dem Kalender einheitlich sind, als auch das ganze Jahr ein Blick auf die heimatliche Kirchengemeinde gelenkt wird – sofern der Kalender aufgehangen wird. Schnell werden wir uns handelseinig und die Kalender-Aktion ist „unter Dach und Fach". „Wir hören voneinander, bis bald! Ihnen noch einen schönen Tag. Auf Wiedersehen."

Es ist schon wieder Mittag, stelle ich mit einem Blick auf die Uhr fest. Es läutet zu Mittag. „Guten Appetit!" heißt es nun.

Die Sekretärin kommt zur Bürozeit. Und da klingelt auch schon das Telefon. „Katholisches Pfarramt St. Abakus", meldet sich die Sekretärin. Nach einer kurzen Zeit des Zuhörens, antwortet die Sekretärin dem Anrufer: „Da muss ich erst den Chef fragen." Damit bin ich gemeint, ich soll das Telefonat an mich nehmen und Antwort geben. Ich strecke ein wenig widerstrebend die Hand aus und greife nach dem Telefonhörer. Mit freundlicher Stimme melde ich mich: „Mein Name ist Thomas Linnartz, was kann ich für sie tun?"

(9) Samstagsarbeiten

Samstag heißt in meinem Wochenplan „Hausfrauen-" oder besser „Hausmann-Tag". Im Tagesablauf steht: Blumengießen, Staubsaugen und Geschirrspülen. In dieser Reihenfolge. Doch irgendwie drücke ich mich vor diesen Tätigkeiten und deshalb lese ich ausgiebig und lange Zeit die Tageszeitung. Gott, sei Dank, ist die Wochenend-Ausgabe etwas dicker, was einen größeren Umfang zum Lesen bedeutet. Da kann ich schnell noch das Wochenend-Kreuzworträtsel lösen. Trotzdem – die Arbeit ruft. So bin ich auch stolz darauf, einmal in der Woche Dinge zu tun, die normale Menschen machen. Und ich sehe, dass meine Hände etwas herbringen: Sauberkeit und Ordnung.

Ich beginge mit dem Blumengießen. Erst die Gießkanne füllen – und dann die Pflanzen auf den Fensterbänken tränken. Die großen Pflanzen bekommen mehr Wasser als die kleinen. Ist das meine Form von Gerechtigkeit? Ein paar Mal muss ich die Gießkanne füllen. Der Zitronenbaum bekommt eine Extra-Portion Wasser. Er liegt mir besonders am Herzen. Seit über vierzehn Jahren ist die Pflanze noch nicht verdurstet. Und dabei habe ich doch gar keinen sogenannten grünen Daumen, wie man sagt. Noch die welken Blätter abzupfen, in den Mülleimer, Deckel zu und ins Arbeitszimmer zum Staubsauger! Nächste Runde! Traditionell beginne ich an den Stufen der Treppe zu meiner Wohnung. Stufe für Stufe summt der Motor und saugt mit seiner Bürste die Dreckpartikel ab. Manchmal gibt´s ein Klacken. Mit Genugtuung registriere ich, dass die Maschine auf eine große Dreckpartikel gelenkt wurde. Grinsend denke ich: „Gut gemacht! Es wird sauber!" Quadratzentimeter um Quadratzentimeter bewege ich den Saugrüssel. Nun den Flur, dann Esszimmer und Küche, anschließend Bad, Schlafzimmer, Wohn- und Arbeitszimmer. „Hmm, nächste Woche", denke ich, „wäre ´mal wieder Putzen dran. Denk´ dran!" Als sich der Staubsauger-Motor nach dem Ausschalten um die letzten Umdrehungen quält, höre ich, dass das Telefon klingelt. Ich lasse den Saugrüssel mit lautem Getöse fallen und rase zur Telefonstation. Der Gedanke: „Hätte ich doch das Mobilteil an den Hosengürtel geklemmt!", saust mir durch den Kopf. Es hilft nichts, bevor der Anruf-Beantworter anspringt, habe ich den Hörer in der Hand. „Katholisches Pfarramt Schellweiler, Thomas Linnartz!", melde ich mich fast außer Atem. „Ja, schönen guten Morgen, Herr Pfarrer." Und immer wieder schwillt mir der Kamm oder hole tief Luft, wenn jemand sagt „Herr Pfarrer". Als ob die Anrufer nicht wüssten, wer im Pfarrhaus sitzt, … und überhaupt, in der Regel kommt nach solch einer Anrede irgendein Anliegen, für das meine huldvolle Genehmigung oder Einverständnis gebraucht wird.

Und das kann ich nicht leiden. Doch wie geht's weiter?

„Ich hätte ein Extra-Angebot von der Zeitschrift FOCUS für Theologen. Unsere Zeitschrift …" – und es folgen wohlgeformte (und leider auch abgelesene) Sätze, die das Produkt in den höchsten Tönen anpreisen. „Dürfen wir ihnen zur Probe zwei Wochen lang den FOCUS zuschicken? Falls sie nicht widersprechen, erhalten sie den FOCUS im Abonnement. Wäre das in Ordnung?" Eigentlich würge ich solche Anrufe nach dem zweiten Satz mit: „Bitte sparen sie ihre Telefongebühren. Ich bin nicht interessiert" ab. Doch mittlerweile denke ich, dass die Werbe-Anrufer auch ausreden sollen. Also sage ich wohlwollend und bestimmt „Vielen Dank. Ich habe so viel zu lesen. Sie wollen doch bestimmt nicht, dass ihre wertvolle Zeitschrift unbeachtet in die Ecke liegen bleibt?" Diese Frage reicht, um das Gespräch zu beenden. Keine weiteren Angebote mehr!

Schnell noch den Staubsauger in die Ecke, hinter die Türe, und es geht in die Küche zum Geschirr spülen. Das Angebot für eine Spülmaschine habe ich mehr als einmal ausgeschlagen. Ich freue mich, am Wochenende das benutzte Geschirr der vergangenen Woche zu spülen. Wenn auch die Speisereste gut ausgehärtet sind, wird intensiv geschrubbt. Für mich sind das meditative Übungen:

die Konzentration auf das Tun in Ruhe und mit einem reinen Ergebnis tut mir gut zu sehen und zu erfahren. Das Geschirr glänzt. Mit seiner eigenen Hände Arbeit etwas vollenden, finde ich immer toll. Das gibt so ein Stück von Zufriedenheit und Bestätigung. Alles Eigenschaften, die im für mich alltäglichen „Geschäft" kaum messbar oder gar erfahrbar sind. Stattdessen bin ich auf das Wohlwollen und die Aussagen von Menschen angewiesen. Aber sie sagen in der Regel auf Grund meines Amtes etwas Schönes oder trauen sich nicht negative Fakten anzusprechen. Zugegeben, diese Einstellung ist in den Bereich des Pessimismus einzuordnen. Doch meine Erfahrung zeigt, dass gerade im Bereich von Kirche und besonders unter Theologen, gegenseitige „handfeste" Anerkennung so gering ist wie Sonnenblumen auf dem Mount Everest wachsen.

Es kommt die Zeit, in der ich – wie ich es gerne ausdrücke – „Geld verdiene": das heißt, dass ich Gottesdienste halte. Der Alltag hat mich wieder!

(10) Wir ersteigern eine Orgel für die Kirche

Schon seit einigen Jahren sucht die Kirchengemeinde Baumlingen eine Orgel. Nicht, dass sie keine Orgel für die Begleitung während der Gottesdienste hätten, nein, die derzeitige elektronische Orgel soll gegen eine echte Pfeifenorgel mit richtigen Orgelpfeifen ausgetauscht werden. In den letzten Tagen tat sich eine gute Gelegenheit auf: In Treb wurde eine Kirche profaniert, also für weltliche Zwecke umgewidmet. Das Inventar, zu dem auch eine Pfeifenorgel gehört, wird im Internet versteigert. Seit vier Wochen ist die Web-Site zum Ersteigern von Blumenständern, Kreuzen und Teppichen geöffnet. Heute ist letzter Tag der Auktion. Den Männern vom Verwaltungsrat und dem Organisten aus Baumlingen sagt die Pfeifenorgel zu. Meinungen von Experten, Kirchenmusikern und Orgelbauern, wurden eingeholt, die Finanzen der Kirchengemeinde überprüft und die Räte befragt. Alles zeigte auf ein positives Echo. Und unser Organist war Feuer und Flamme. Für einen Kirchenmusiker ist eine Pfeifen-Orgel das Arbeitsgerät par excellence – noch besser als eine elektronische Orgel.

Also versammeln sich die drei Mitglieder des Verwaltungsrates, die über die Finanzen der

Kirchengemeinde wachen, samt Organist, vor dem Bildschirm des Computers mit der aktuellen Bietersite für die Orgel. Es kann eine spannende Angelegenheit werden, doch die Liste zeigt keine Einträge. Schließlich kostet die Pfeifen-Orgel nicht nur einen Blumentopf. Zwanzigtausend Euro sind das Mindestgebot. Eine halbe Stunde später immer noch kein Angebot. Es sind noch eineinhalb Stunden bis zum Ende der Auktion. „Soll ich ´ne Flasche Messwein holen. Dann wäre die Wartezeit nicht so lang?" – „Och ja, das wäre nicht verkehrt," meint Adi, der eigentlich Alfons heißt. „Ok, bin grad im Keller und hole eine Flasche Messwein. Schauen sie bitte nach, ob sich etwas in der Bieterliste tut?" Perlend und gelbgold ergießt sich der Wein in die einzelnen Gläser. „Einer von den Bischöflichen Weingütern. Dann Prost auf einen guten Abschluss!" Die Gläser klingen und mit einem fachmännischen Schnuppern an dem Inhalt. Der erste Schluck wird begutachtet. Die Zeit läuft … und immer noch kein Gebot. Naja, wer stellt sich schon eine Pfeifenorgel mit elf Registern ins Wohnzimmer? Und die Männer erzählen Geschichten von alten Pastören und Küstern, rund um die Kirche, von Messdienern und Kirchenbesuchern. Interessant, was die Menschen bewegt, wenn sie in Erinnerungen ihrer Jugend blättern. Schöne und weniger schöne Geschichten ranken sich durch den Büroraum. Etwa von dem

Pastor, der als einer der wenigen Personen im Dorf ein Auto besaß und die Schlitten der Jugend im Winter über die verschneiten Straßen des Dorfes zog. Oder der Organist, der bei Regen, Schnee und Sonnenschein vom Nachbarort über die Flure wanderte und die Orgel in der alten Kirche spielte.

So vergeht die Zeit fast wie im Flug. Und die Weinflasche hat sich geleert. Ich war eben im Keller, um eine Neue zu entkorken. In der letzten Viertelstunde vor Bieter-Schluss starren die Augen immer gebannter auf den Bildschirm. Man meint, da müsste sich doch etwas tun: irgendjemand muss doch bieten...? Als ich bei einem befreundeten Pfarrer anrufe, der auch an dieser Orgel interessiert ist, kommt Klarheit ins Spiel: „Nein wir sind nicht mehr interessiert." Das Signal ist eindeutig. Die Kirchengemeinde Baumlingen wäre der einzige Bieter. „Wäre"! Denn längst hat sich der Verwaltungsrat eine eigene Strategie ausgedacht: Die Kirchengemeinde Baumlingen ist sehr an der Pfeifenorgel interessiert, aber... sie gibt kein Gebot ab! Mit einem Gebot wäre sie auf einen Betrag festgelegt. Es ist dann möglich, ein geringeres Gebot zu platzieren. Als die Zeit zum Bieten angelaufen ist, und kein weiterer Interessent ein Gebot abgegeben hat, sind unsere Köpfe nicht nur vom Wein, sondern auch von unserem Jagdfieber heiß und rot. Wir sind im Geschäft! Denn jetzt hatten wir einen Spielraum zu Verhandeln. „Also,

Herr Pastor, sie schreiben ihrem Kollegen, dass die Kirchengemeinde die Orgel kaufen will. Sagen wir, 20% weniger als der Anfangspreis der Auktion?" – „Ok, geht klar. Mache ich direkt morgen." Denn mittlerweile war es kurz vor 22:00 Uhr – und da schreibe ich in der Regel keine E-Mail mehr. Mit einem guten und ganz zufriedenen Gefühl trinken wir unsere Gläser leer und träumen schon von Orgelfest, Orgelmusik und Orgeleinweihung. „Auf gutes Gelingen und die neue Orgel!", heißt es als sich die Männer vom Verwaltungsrat verabschieden. Ich glaube in dieser Nacht hat jeder von den Anwesenden von Orgelbildern geträumt – oder wenigstens vor dem Einschlafen noch an diesen ereignisreichen Abend gedacht. Ich weiß nicht, aber im Nachhinein meine ich, dass ich in dieser Nacht im Traum Orgelmusik gehört habe?

(11) Frau F. bittet um Unterstützung

Am nächsten Morgen, nach dem Frühstück, schalte ich sofort den Computer ein, um eine E-Mail an die Verkäufer der gestern ohne Ergebnis für die Pfeifenorgel zu Ende gegangenen Auktion zu schreiben. Den verminderten Preis nenne ich natürlich auch. Ob er akzeptiert wird? Hier gilt es zu hoffen und zur heiligen Cäcilia, der Schutzheiligen für Kirchenmusiker, zu beten. Gut, die Antwort wird noch etwas dauern.

In der Zwischenzeit kommt Frau F. Sie wohnt im Nachbardorf, ist krank und kommt (fast) immer, wenn sie kein Geld hat. Eine der christlichen Tugenden ist es ja sozial Schwachen zu helfen und zu unterstützen. So versuche ich auch Frau F. „unter die Arme zu greifen." Aber heute muss ich ihr deutlich machen, dass ich sie auf Dauer nicht unterstützen kann. Sie kommt alle drei Wochen und fragt, ob ich ein „bisschen Geld" für sie habe. Arztkosten, Bustransport zum Arzt, fehlende Lebensmittel, Begleichung der Stromrechnung sind einwandfreie Argumente nach Geld zu fragen. Aber mittlerweile komme ich mir als zu melkenden Ochsen vor. Nach dem Motto: Wenn kein Geld mehr da ist: Frau F. geht zum Pastor! „Der hat ja ein christliches Gebot zu erfüllen. Und wehe, er weist mich ab! Da sieht man mal wieder wie geizig die

Kirche ist! Das werde ich überall erzählen!" – Nein, so denkt sie hoffentlich nicht! Aber die Möglichkeit besteht durchaus… Die Kirche, und damit auch der Pastor hat ja Geld. In der Tat kann ich ihr helfen. Aber nach dem vierten Besuch innerhalb von drei Monaten, komm ich mir leicht ausgenutzt vor. Was soll ich tun? Wie erkläre ich dies den anderen Bedürftigen, die nicht so oft kommen und nach einer Unterstützung nachfragen?

Wenn ich heute nicht „Nein" sagen kann, werden die Besuchsintervalle immer kürzer.

Auf der anderen Seite soll ich ja auch Barmherzigkeit üben und den Notleidenden helfen. Ich versuche ich mich immer zu fragen, was Jesus getan oder gesagt hätte. „Hätte", ich bin mir des Konjunktiv und der Vergangenheitsform durchaus bewusst. Ein großes Maß an Unschärfe und Unsicherheit bleibt und ich habe leider keine Handlungsanweisung von ganz oben. „Na, schön", denke ich, „dann mal los! Hoffentlich ist der Heilige Geist mit mir!"

Ich bitte Frau F. ins Haus und biete ihr einen Kaffee an. Sie nimmt ihn ohne Worte, aber mit dankbaren Augen an. „Mit Milch und Zucker?" – „Ja, gerne!" – „Wo drückt denn der Schuh?", versuche ich das Gespräch in Gang zu bringen. „Ach, wissen sie", antwortet sie mir mit leiser und leicht erstickter Stimme, „ich brauche Geld für zum Arzt nach Hosingen zu fahren und zu Essen habe ich auch nichts mehr. Oh, Gott, wenn ich doch schon tot wäre!" – Bei letzten Satz schrillen bei mir die Alarmglocken: Sie will sich doch nichts antun? Sie wird sich nicht umbringen wollen? „Oh, Frau F., ich hoffe, dass unser Chef im Himmel ihnen noch viel Zeit hier auf der Erde lässt und sie noch viele schöne Dinge erleben können." – „Ja, das wäre schön und würde ich mir wünschen, aber ich bin krank. Ich finde keine Arbeit. Keiner will mich einstellen. Wie kann ich denn dann leben?" Sie hat Recht. „Können sie mir nicht noch einmal fünfzig Euro geben?" – „Würde es ihnen denn dann besser sein?" – „Ja!" – „Ja, aber in vierzehn Tagen würden sie wieder hier sitzen und wieder um einige Euros bitten!?" Betretenes Schweigen. „Also, gut, Frau F. haben sie schon mit der Caritas gesprochen? Sie kann ihnen viel mehr helfen als ich. Die werden mit ihnen einen Finanzplan aufstellen, so dass sie mit ihrer Rente und ihren anderen Einkünften auskommen können." – „Gut. Und wie komme ich zur Caritas? Ich habe doch kein Geld, um mit dem Bus zu fahren. Das Telefon hat die Telekom mir abgeklemmt." – „Ich kann ja von hier anrufen." – „Das würden sie für mich machen?" – „Ja, warten sie einen Augenblick." Während ich die Telefonnummer der Caritas im Telefonbuch heraussuche, nippt Frau F. an ihrer Kaffeetasse. Erwartungsvoll blickt sie mich an. So, als wollte sie sagen: Es wäre schön, wenn du etwas ausrichten könntest! Dahinter steckt die Hoffnung, dass endlich Sicherheit, Verlässlichkeit und ein wenig Wohlgefühl in ihr Leben Einzug hält. Was hat sie schon alles mit- und durchgemacht, wenn sie so denkt? Da geht es mir, den solche Gedanken (noch) nicht existentiell bedrohen, doch gut. Ich habe Mitleid mit Frau F. Aber gleichzeitig merke ich, dass das Mitleid ihr nicht hilft, ebenso wenig sie mit Geld zu versorgen. Achtung und die Würde fehlen jener Frau. Und die sind nicht mit ein paar Minuten meiner Zeit aufzufangen oder mehreren Euros abzugelten. Vielleicht habe ich deshalb Angst mich auch weiter zu engagieren und schalte die Caritas ein. Schließlich sind die für solche Fälle ausgebildet, können professioneller und zeitlich flexibler helfen. Ich möchte Frau F. nicht loswerden, aber ich merke, die Problematik kann ich nicht lösen. Da es um einen Menschen geht, sind Experimente oder Vertröstungen fehl am Platz.

Bei der Caritas klingelt das Telefon. Herr W., den ich von anderen finanziellen Unterstützungen für Bedürftige kenne, meldet sich. Ich schildere ihm die Problematik und schaue Frau F. an. Sie nickt zustimmend. „Hätten sie etwas dagegen, wenn ich den Lautsprecher des Telefons einschalte?" – „Nein,..." Nach dem Gespräch haben wir eine Strategie für das weitere Vorgehen mit Frau F. gefunden: Herr W. von der Caritas wird in den nächsten Tagen Frau F. besuchen und ihre

Situation wahrnehmen. Auf Grund dessen erstellt er einen Finanzplan und nimmt Kontakt mit den Gläubigern, mit dem Stromanbieter, der Telekom und der Verbandsgemeinde als verantwortliche Kommune, auf. „Oje, da haben wir ja einiges in die Wege geleitet. Geht es ihnen etwas besser? Vielleicht können sie ein wenig optimistischer in Zukunft schauen??" – „Ja!" Aber ich bin mir der Antwort nicht sicher. Es ist ein weiter Weg und heute wurde nur der erste Schritt gegangen. Die Kaffeetasse von Frau F. ist leer. „Wollen sie noch eine Tasse?" Frau F. verneint und möchte nach Hause. „Warten sie, ich habe noch ein paar Lebensmittel für sie." Frau F. strahlt. Mit einer vollen Einkaufstüte verabschiedet sie sich. „Vielen Dank". Zwar ohne Euros, aber mit Lebensmitteln und der Aussicht, dass sie ihr Leben wieder etwas mehr Wert und Sinn bekommen kann, verlässt sie das Büro. Sie schlägt den Weg zu ihrer Wohnung ein.

(12) Der Marder im Kindergarten und welche Gedanken im Taufgespräch durch den Kopf gehen

Heute scheint wieder ein ganz normaler Tag zu werden. Aber die Erfahrung hat mir gezeigt, dass solche Aussagen nach Sonnenuntergang revidiert werden müssen, weil sich vieles und Überraschendes ereignet hat. Vor Überraschungen bin ich nicht sicher oder wie Lis´, die alte Küsterin aus Baumlingen sagte: „Man weiß nicht, was über ein freies Feld kommt." Recht hat sie.

Es sah so wirklich nach einem wirklich ganz normalen Tag aus: Gottesdienst in Melfingen, anschließend Erledigen der Post im Büro und dann das monatliche Treffen mit dem Rendanten, dem „Finanz- und Justizminister" für die Kirchengemeinden. Ich finde es gut und hilfreich mit dem Rendanten zu konferieren. Aktuelle Probleme, von A bis Z, also von Abfallbeseitigung bis Zinsniveau, können besprochen werden. Ich bin ja kein Betriebswirt und Kaufmann. Und so bin für seine Hilfe sehr dankbar. Darüber hinaus verstehen wir uns auch persönlich gut.

Heute entpuppt sich der Kindergarten als Schwerpunktthema: bauliche Veränderungen stehen an. Der Marder, oder besser eine

Marderfamilie, hat die Dämmung des Daches in den letzten Jahres derart zerstört, dass hier Abhilfe geschaffen werden muss - wenn es nicht weiter ins Haus regnen soll.

Ausbessern, so denke ich, ist angesichts des großen Schadens nicht sinnvoll, zumal eine Spezialfirma sich schon für eine Neueindeckung ausgesprochen hat und so taucht die Frage auf, ob es nicht sinnvoll wäre, dass Dach komplett zu sanieren und die Dämmung neu aufzutragen. Der Vorteil wäre, dass das Dach marderdicht, konstruiert werden kann. Aber, ... wer kommt für die Kosten auf. Ich sehe schon sechsstellige Abrechnungen vor meinen Augen tanzen. Kann ich die Verantwortung für so ein Projekt übernehmen? Natürlich bleibt nicht alles an der Kirchengemeinde hängen, wie man sagt. Das Land Rheinland-Pfalz, der Kreis Treb-Stoll am Berg, das Bistum Treb und die Ortsgemeinden, deren Kinder den Kindergarten besuchen, stehen ebenfalls als Geldgeber. Aber, ... bis die Genehmigungen und Pläne alle beschlossen sind, vergeht eine lange Zeit, vergehen Monate bis zum Baubeginn. Mir drehen sich Nullen der Tausender mit Euro-Zeichen im Kopf. Gott, sei Dank, noch keine Entscheidung, heute. Aber, ... die Räte und Bürgermeister müssen zu einer Besprechung eingeladen werden. Als ob nicht genug „Baustellen" zu bearbeiten wären.

Im Büro melde ich mich ab: „Ich bin mal wieder auf Taufgespräch! In einer Stunde bin ich zurück." Schon schnappt die Haustüre ins Schloss und mein Auto startet zur Familie G. und ihrem Täufling. Eigentlich ein Routine-Besuch. Doch auf Überraschungen muss ich gefasst sein: Ein Thema im Taufgespräch spreche ich immer an: wie die, in der Regel, veränderte Situation mit einem neuen Familienmitglied im Haus und in der Familie sich gestaltet. Die meist jungen Eltern erzählen froh und gerne über Nachwuchs. Und es macht mir Freude ihnen zuzuhören, wie sie von ihrem Kind begeistert sind und welche Fortschritte es seit der Geburt gemacht hat.

Da reißt mich die Frage der Mutter, die mir heute gegenübersitzt, aus meinen Überlegungen: „… und wie ist es mit ihren Kindern?" Eine solche Frage schmerzt. Ich merke, dass ich ein wenig nachdenklich werde. Denn erstens habe ich keine Kinder und zweitens darf ich als Priester keine leiblichen Kinder haben. Oder der Bischof, mein Arbeitgeber, würde mich unverzüglich aus Amt und Gehalt nehmen. Eine Bedingung an den Beruf des Priesters. Wenn auch keine sehr menschen-freundliche. „… und wie ist es mit ihren Kindern?" – Die Frage ist immer noch nicht beantwortet. Sollte ich sagen: „O, wissen sie, denen geht's gut. Erst gestern hat die Kleine in der Schule eine gute Note in Mathematik zurückgebracht. Und der Große meinte, er wolle mit seinem Papa am Wochenende wieder mal die „Roten Teufel" auf dem Betzenberg spielen sehen. Ich bin stolz auf sie." Das beinhaltet als nächste Frage: „Wie geht es ihrer Frau?" Spätestens hier platzt die Seifenblase.

„… und wie ist es mit ihren Kindern?" Während meiner Überlegungen bemerkt mein Gegenüber, dass die Frage peinlich ist – für mich. Und für sie. Denn sie müsste wissen, dass katholische Priester keine Kinder haben dürfen. Also versuche ich die Frage und Situation zu meistern. „Wissen sie", meine ich, „eigene Kinder zu haben ist für meinen Beruf tabu." Sie nickt. „Entschuldigen sie, ich hätte die Frage ihnen nicht stellen dürfen." – „Och, macht nichts. Ich freue mich auf jeden Fall ihr Kind am Sonntag taufen zu dürfen." Es sollte auch eine schöne Taufe werden.

Zurück im Büro höre ich, dass der neue Kaplan angerufen hat und bittet um Rückruf für ein erstes Treffen. Also wähle ich die Telefonnummer. Leider besetzt. Dann rufe ich in zehn Minuten noch mal an. In dieser Zeit schaue ich schnell noch einmal in den Terminkalender der Pfarrei, wer wann und wo Gottesdienste hält und Sitzungen stattfinden. Früher brauchte ich diesen Schritt nicht. Da wusste ich die Termine auswendig. Heute, bei einer verdreifachten Anzahl der Dörfer und Einwohner muss ich öfter den Kalender zu Rate ziehen. Darüber hinaus werde ich auch älter. Da ist die Gehirnleistung wohl auch eingeschränkt.... Ach ja, für den geistlichen Impuls, das Eröffnungsgebet zur nächsten Pfarrgemeinderatssitzung, wollte ich noch eine Geschichte aussuchen. Es sollte eine Parabel sein, die die derzeitige Krisenstimmung in der Kirche beschreibt. Nach einigem Suchen und Abwägen entschließe ich mich, meine Lieblingsgeschichte vom „Pferd, das totgeritten wird" zu nehmen. In der Geschichte versucht eine imaginäre Gruppe ein Pferd, das schon tot ist, wieder zu beleben. Anhand mehrerer Ratschläge, etwa andere Orte aufzusuchen, um zu sehen wie man tote Pferde reitet oder den Reiter eines toten Pferdes zu wechseln, wird aufgezeigt wie nutzlos das Handeln ist: das Pferd bleibt tot. Es müssen andere Blickwinkel eingenommen werden, um voran zu kommen. Mir gefällt die Geschichte immer wieder.

„Hier, Thomas Linnartz, Guten Tag, Herr Kaplan. Schön, dass sie angerufen haben. Sie schlagen einen Termin für ein erstes Treffen vor? Prima, wann können sie?" – Der erste Schritt zum Kennenlernen eines neuen Mitarbeiters ist eingeleitet. Ich bin gespannt auf die Zusammenarbeit.

(13) Von magischen Händen und einem Kloss im Hals

Noch vor dem Frühstück ruft der Bestatter an. Ich sehe seine Telefonnummer, die ich schon auswendig kenne, im Display des Telefons. Oje, wie ich diese Anrufe vor dem Frühstück mag! Sie bedeuten nichts Angenehmes. Und tatsächlich meldet der Anrufer, dass jemand aus dem Nachbardorf verstorben sei und wann der Beerdigungstermin sein könnte.

Mit Eingang einer solchen Nachricht, setzt sich eine bürokratische Maschinerie in Bewegung: als erstes werden Vor- und Familienname notiert, dann der letzte Wohnort, das Sterbedatum, das Sterbeamt mit Beerdigung, und das Gebet für den Verstorbenen am Vorabend der Beerdigung, und schließlich noch die Benachrichtigung an die elektronische Datei und die mögliche Löschung aus der Liste der Krankenkommunion. Dann geht die Suche nach einem Organisten los, die Messdiener müssen informiert werden, die Küsterin wird informiert, dass die Totenglocke geläutet wird, viele Kleinigkeiten mit großer Wirkung.

„Ach ja, bitte geben sie mir noch die Telefonnummer der Angehörigen des Verstorbenen.

Ich setze mich mit ihnen in Verbindung." Mein Frühstück bekommt einen kleinen bitteren Geschmack. Wieder ist ein Mensch gestorben, der mit anderen gelebt hat – und viel Leid ist über eine Familie hereingebrochen. Tränen, Trauer und Fragen werden sie für eine lange Zeit beschäftigen.
Nach dem Frühstück nehme ich Kontakt mit den Angehörigen auf.
Die Küsterin meinte noch: „Wir haben kein Weihwasser mehr. Können sie noch welches machen?" Ich frage mich: wie kann man Weihwasser machen? Vielleicht so wie Brot backen oder so? Natürlich nicht, aber es hört sich so an. Die Küsterin meint wohl, dass ich Weihwasser segnen soll. Mit dem Weihwasser segnen sich die Menschen selbst oder andere Menschen. Auch Gegenstände werden damit gesegnet. Es soll sagen, dass Gottes Hand die Menschen oder Dinge schützt, es gut mit ihnen meint. Nicht selten kommen auch Anfragen, ob ein Haus oder eine Wohnung gesegnet werden könnte. Natürlich! Doch zunächst „mache" ich noch ein wenig Weihwasser. Mit den „gesegneten Händen". So haben die Mitarbeitenden meine Fähigkeit genannt, defekte Maschinen wieder gangbar zu machen. Wenn eine Büromaschine streikt, versuche ich sie zu reparieren. Meist funktioniert der Versuch auch. Wie und warum, kann ich dann nicht erklären. Es sind halt die „gesegneten Hände". Das ist etwas

Schönes, wenn es funktioniert. Wohlwollende und schützende Hände und hier „ein Händchen für etwas haben" ist schon eine Gabe, die ich geschenkt bekommen habe. Doch, leider, nicht immer funktionieren, die „gesegneten Hände".

Die Angehörigen des Verstorbenen habe ich erreicht und ein Gespräch vereinbart. Über Leben und Sterben des Verstorbenen wollen wir sprechen, aber auch über die Gefühle und die Situation der Hinterbliebenen. „Wissen sie, in die Kirche ist er selten gegangen, zu Weihnachten und Ostern. Aber er war ja gar kein schlechter Mensch. Wir vermissen ihn sehr." – „Egal, was er getan hat, ich glaube ihr Vater ist im Himmel. Er hat an Gott geglaubt und deshalb ist er bei ihm. Unser Herr hat ihn in sein Reich aufgenommen. Ist da nicht eine tröstende Botschaft, die uns Jesus gesagt hat? Er ist durch den Tod zu Leben gegangen. Er ist auferstanden." – „Ja, aber wir können seinen Tod nicht verstehen." – „Es ist sehr schwer dies zu verstehen. Ich glaube, sie müssen den Tod ihres Vaters verdauen. Und das kann dauern. Da werden viele Fragen und wenig Antworten kommen. Die Zeit kann ihnen vielleicht helfen. Vieles wird verblassen, einiges vernarben, anderes wird sie ein Leben lang beschäftigen. Im Vertrauen auf Gott können sie die Zeit und den Verlust ihres Vaters tragen. Das wünsche ich ihnen." Meist kommen mir die Tränen, während ich bei den Angehörigen bin und mit ihnen über den Verstorbenen spreche und bete. Ich habe Mitleid. Je mehr ich die Familie oder den Angehörigen kannte, desto mehr geht mir der Tod „an die Nieren".

Ich erinnere mich an einen Fall, der damit begann, dass – wie so oft – das Telefon klingelte. Es war der Notfallseelsorger des Bezirks Treb Süd, der im Stau steckte und die Nachricht vom Tod eines dreifachen Familienvaters der Ehefrau überbringen sollte. „Können sie die Nachricht überbringen? Ich komme hier nicht weg. Ich stecke im Stau." – „Ok, geht klar." Aber Bauchweh habe ich. Ich weiß nicht wie ich das angehen soll? Er meinte nur, dass ich authentisch und ehrlich sein sollte. Na schön, gut gesagt. Jedes Lehrbuch hätte mir wohl auch den Ratschlag gegeben. Für mich aber, der keine Ahnung hat oder in einem Anwenderkurs eigene Erfahrungen gemacht hätte, eine Aufgabe, die mir einen Kloß im Hals entstehen lässt. Wie soll ich den ersten Satz formulieren? Ist es sinnvoll direkt die Fakten auf den Tisch zu legen? Und vor allem, kann ich die Trauer mittragen? Schließlich kenne ich die Familie gut. Die beiden ältesten Kinder sind Messdiener. Ganz liebe! Die Jüngste geht in den Kindergarten und versteckt sich immer, wenn ich auftauche... Ich muss sie dann suchen.

Oje, eine kniffelige und bauchweh-treibende Aufgabe steht mir bevor. Aber die Angehörigen haben in meinen Augen ein Anrecht darauf, die schreckliche Nachricht zu erfahren und Trost zu erhalten. Meine Rolle ist damit fest umrissen: auf der einen Seite die Tatsache des plötzlichen Todes zu überbringen, die Wirklichkeit offenbar machen. Auf der anderen Seite aber auch die Wirklichkeit deuten, sie erklären und, wenn möglich, in der Botschaft des christlichen Glauben Trost und Hoffnung zu vermitteln.

Ich setze mich in mein „Dienstfahrzeug" und überlege, was ich als erstes sagen möchte. Da mir nichts für mich überzeugendes einfällt, lasse ich die Situation auf mich zukommen. Wer wird die Haustüre öffnen? Auch unbekannt. Wenn ich spontan und mehr oder weniger unvorbereitet spreche, komme mir meist die besten Ideen und Formulierungen. So soll´s denn auch in diesem Fall sein. Kaum stelle ich mein Auto vor das Haus, öffnet sich schon die Haustüre. Mir scheint, dass ich schon erwartet wurde.

Fragende, zweifelnde und unsicher schauende Augen schauen mich an. „Mein Gott, denke ich, wie fange ich an?" Der Kloß wird größer. „Hallo!", versuche ich ein wenig Sicherheit zu verbreiten – vor allem bei mir selbst – und das Gespräch zu eröffnen. „Hallo", klingt es schwach und leise mir entgegen. Wir gehen schweigend und mit gesenkten Köpfen ins Haus. Hier waren keine Worte notwendig, alle wussten längst, was geschehen war. Worte wären nur hinderlich. Mitschweigen, mit-leiden, mit-fühlen, war angesagt. Und wichtig war in diesem Fall: Zeit haben und Hören. Mit der Zeit merkte ich wie mir die Tränen in die Augen stiegen, weil ich die Kinder sah, eine verzweifelte Witwe und nur Fragen, auf die ich auch keine Antwort fand. Das Vertrauen darauf, dass der liebe Gott nur helfen kann, ließ mich dann doch nicht in die Verzweiflung-Klage-Haltung einstimmen. Noch heute ist dieser „Einsatz" mir eindrücklich in Erinnerung. Ich fühlte mich so hilflos. Da half auch nicht die Erfahrung oder Routine der vielen Berufsjahre…oder doch?

(14) Abhängen oder abendliche Beichte?

Am Abend widme ich mich mal dem Ausruhen. Keine Sitzung, kein Taufgespräch, keine Vorbereitung für eine Konferenz am nächsten Tag, kein Telefonat, kein .... Also ich sitze seit einigen Wochen mal wieder vor dem Fernsehen. Der Film ist mir eigentlich egal, einfach abhängen. Den Kopf freihaben, etwas ganz anderes erleben und tun.
Die Werbung spiegelt den Zeitgeist und die Probleme bzw. Schwerpunkte der Gesellschaft wieder. Mir fällt auf, dass häufig Arzneimittel für oder gegen etwa angepriesen werden. Sind die Menschen etwa so krank, dass sie ständig Mittel gegen Kopfschmerzen und Gelenkschmerzen, für eine gute Verdauung und für eine Vorbeugung gegen Halsschmerzen brauchen?
Mitten in meinen Überlegungen, klingelt das Handy. Gegen 23:00 Uhr das Mobiltelefon? Es wird doch kein Notfall sein? Jemand gestorben? Melden meine Eltern sich? Das Drücken der grünen Anruf-Annahme-Taste gibt mir Gewissheit: „Thomas Linnartz. Guten Abend!" Im Hintergrund höre ich laute Stimmen, Party-Stimmung, Musik. „Spreche ich mit dem Pastor?" Einen Moment bin ich

überrascht. Die Stimmmodulation klingt unsicher. Ist der Anrufer vielleicht leicht betrunken? – „Ja". – Die Stimme spricht weiter: „Mir ist geht´s nicht gut. Ich bringe mich um!" Hier schrillen bei mir wieder die imaginären Alarmglocken! Ein Menschenleben in Gefahr. Schnell versuche ich den Gedanken-Ordner mit der Aufschrift „Suizid, Selbstmord" zu lokalisieren: Wie reagiert man auf eine solche Ankündigung? „Naja, ist es wirklich so schlimm?" Im Gespräch bleiben und behutsam mit der Wirklichkeit konfrontieren, soll meine anfängliche Strategie sein. „Mir ist geht´s nicht gut. Ich bringe mich um!" – „Was ist denn geschehen?" – „Also, meine Freundin will mit mir Schluss machen!" Mir plumpst ein Stein vom Herzen: Diagnose Liebeskummer. Das hört sich nicht ganz so gefährlich an. Aber was jetzt kommt, reißt mir fast den Strümpfe von den Füssen. „Ich möchte beichten!" – „Wie? Sie möchten beichten. Sollen wir einen Termin ausmachen?" – „Nein, ich möchte jetzt beichten. Jetzt in dieser Stunde beichten! Jetzt über Handy" – „Oh, das geht aber nicht. Über Telefon zu beichten ist nicht gültig. Die Lossprechung kann ich ihnen so nicht geben. Das geht nur von Angesicht zu Angesicht. Und schauen sie bitte ´mal auf die Uhr: So spät ist Beichten wirklich nicht angesagt. Gehen sie lieber schlafen, ruhen sie ich aus. Morgen können sie mich anrufen, dann können wir in Ruhe darüber reden. Also, wie wär´s?" – „Ich will aber beichten!"

Mein Eindruck vom Beginn des Gesprächs verfestigt sich. Der Anrufer hat zu viel getrunken. Die Sprache wird holprig. „Es tut mir leid, aber sie sind ein wenig betrunken. Rufen sie mich doch, wenn es ihnen Ernst ist zu beichten, morgen vor 10:00 Uhr an. Ja? Wäre das möglich?" – Jetzt lallend: „Mir ist geht´s nicht gut. Ich bringe mich um! Ich möchte beichten!" – „Sie sind betrunken! Schlafen sie bitte ihren Rausch aus! Ich wünsche ihnen einen gute Nachtruhe!" – „Ja, aber ...." – „Also, dann bis morgen!" Hier weiterzureden, führt zu nichts. Auf der anderen Seite habe ich auch zu bedenken, dass hier wirklich ein Hilfesuchender anruft. Erfülle ich meine Aufgabe und Rolle? Oder wäre es doch wichtiger die Beichte abzunehmen? Ich bin, ehrlich gesagt, in Zweifel. Kann ich die Ablehnung vor meinem „Chef", dem lieben Gott, verantworten?

Als aber am nächsten Morgen vor 10:00 Uhr keiner mit dem Wunsch zu beichten angerufen hat oder der Tod eines Jugendlichen angezeigt wurde, fühlte ich mich in meinen Intuition bestätigt. Oder ging es einfach mal gut aus?

(15) Der neue Kaplan und Elefantentiger im Kindergarten

„Sind sie heute im Büro?", fragt mich die Stimme am anderen Ende der Telefonleitung. Es ist der neue Kaplan, den der Personalchef des Bistums mir angekündigt hatte. „Hallo und herzlich willkommen", versuche ich einen positiven und zuversichtlichen Eindruck zu hinterlassen. „Ich bin in der Nähe und würde mich gerne ihnen vorstellen, vielleicht auch schon erste Absprachen wie Dienstbeginn und Aufgabenverteilung klären. Wäre das möglich?" – „Lassen sie mich einen Blick in meinen Terminkalender werfen! Also am Vormittag bin ich im Kindergarten, dann zur Mittagspause bin ich im Büro. Die Gemeindereferentin und die Sekretärin werden gemeinsam einen Happen essen. Hätten sie Zeit und Lust zum Essen zu kommen. Am Nachmittag bin ich in Hosingen zu einer Konferenz und am Abend ist Gottesdienst. Anschließend Treffen mit den Kirchenmusikern." Es tat mir während der Aufzählung leid, dass eigentlich nur das Mittagessen für ein Treffen übrigbleibt. Entweder er kann oder wir müssen einen neuen Termin abstimmen. Der neue Kaplan soll ja auch einen einladenden Eindruck von seiner neuen Arbeitsstätte erhalten. „Ok, geht klar, ich komme um die Mittagszeit vorbei." – „Prima, schön! Übrigens essen sie Rouladen mit Rotkohl? Die gibt es heute als Stammessen in der benachbarten Gaststätte." Eine kurze Pause und Stille in der Telefonleitung, so als ob jemand überlegt, dann: „Ist in Ordnung. Solange keine Pilze dabei sind, esse ich fast alles." – „Na, fein! Dann bis zum Mittag."

Als ich die Kindergarten-Eingangstüre öffne, sind sofort einige Kinder zur Stelle. „Na, ihr Nasenbären!", meine ich zu ihnen. „Selber Nasenbär!", geben sie zurück und lachen über das ganze Kindergesicht. Und die Augen der vor mir stehenden Kinder sagen noch mehr: „Du, hast du nicht noch einen komischen Namen für uns? Wir finden das so toll!" – Als ob ich die Gedanken erraten könnte, fragte ich ganz locker: „Wer von euch ist der größte Elefantentiger?" Sie grinsen und stemmen die Arme in die Seiten. Gerade so, als ob sie mir sagen würden: „Du kennst aber ganz komische Namen. Wir finden das zum Totlachen." Mittlerweile kommt auch die Leiterin. „Wenn man sie nicht sieht, dann hört man aber, dass sie im Kindergarten sind. Die Kinder sind außer Rand und Band. Es gefällt ihnen wie sie mit ihnen sprechen." Ich fasse die Aussage als Kompliment auf und erröte leicht im Gesicht. „Nun ja, die Bande scheint ihren Spaß zu haben!". Mir ist es lieber, dass die Kinder unbefangen mit mir umgehen, als dass sie, wie in den Tagen der Kindheit ihrer Eltern mit gesenktem Kopf und schlechtem Gewissen durchs Dorf laufen, sobald sie den Pastor sehen. Oder wie mir einige Eltern berichteten, lieber auf die andere Straßenseite gingen, um nicht dem Pastor zu grüßen und „Gelobt sei Jesus Christus" sagen zu müssen. „Meine Lieben", wende ich mich an die Nasenbären und Elefantentiger, „ich muss mit der Lissi, eurer Kindergartenleiterin, noch einige Dinge klären. Nachher komme ich wieder bei euch vorbei. Dann können wir weiterspielen. Alles klar? Bis dann!" Ich glaube, dass die Kinder lieber sofort mit mir weitergespielt hätten, doch das Gespräch mit Lissi hat Vorrang. „Tschüss, bis dann!"

Als nächster Termin steht der angekündigte Termin des neuen Kaplan an. Die vorbestellten Rouladen werden bei „Mooßems", der Gaststätte, abgeholt. So ein wenig duftet es schon nach Essen als ich die Haustüre aufschließe. Und sofort sammelte sich ein wenig Wasser im Mund: ich habe Hunger! Pünktlich klingelte der Kaplan. „Guten Tag, mein Name ist Albert Beinig. Ich bin der neue Kaplan." – „Herzlich willkommen, kommen sie bitte rein in die gute Stube. Das Essen ist angerichtet. Aber erzählen sie ein wenig von sich." – Während des Essens hören die Gemeindereferentin, die Sekretärin und ich ein wenig aus dem Leben von Albert. In den nächsten Monaten werden wir noch mehr voneinander erzählen und hören. Als er sich verabschiedet hat, kommt die Frage: „Und? Was hältst von ihm?"

Gemeint war der Kaplan. „Och, weißt du, vom Aussehen erinnert der mich an den Pathologen aus Münster in der Tatort-Serie. Bart, Brille und Stimme wie der Börne. – Ein kurzes Grinsen und wir wussten Bescheid: Ab sofort hat der neue Kaplan den Spitznamen: Börne.

(16) Menschliche Eitelkeiten um den Gottesdienst

Bis kurz vor Weihnachten, im Advent, können in der Liturgie der Kirche Rorate-Messen gefeiert werden. Dies sind Gottesdienste, die zu Ehren der Gottesmutter Maria gelesen werden. Den Namen Rorate leitet sich vom Eingangsvers der Messe ab: „Tauet Himmel den Gerechten" oder auf lateinisch: „Rorate super coeli". Das Besondere dieser Gottesdienste ist, dass sie möglichst in der Frühe des Tages mit vielen Kerzen als Lichtquelle gehalten werden. Allein die Atmosphäre der Kerzen, ohne elektrisches Licht im Kirchenraum zu singen und zu beten, zieht nicht nur ältere, sondern auch jüngere Menschen an. Eine heimelige und beruhigende Wirkung geht auf die Gottesdienstbesucher über, die sich mit der christlichen Botschaft von der Menschwerdung Gottes in dieser Welt verbindet. Im Kerzenschein lesen die Gläubigen die Texte der Kirche und singen aus dem Gesangbuch der Kirche. Mancher Gläubige fühlt sich an die Anfänge der christlichen Kirche erinnert: nicht nur, dass es kein elektrisches Licht gab, sondern auch, dass das Leben im Untergrund angesichts von Christenverfolgung sehr einfach und auf das Wesentliche konzentriert, ausgerichtet gewesen ist.

Heute war eine Rorate-Messe angekündigt. Die Küsterin, Theresa, hat genügend Kerzen aufgestellt, um einigermaßen die Helligkeit im Kirchenschiff aufrecht zu erhalten. Schließlich soll niemand stürzen oder sich verletzten. Im Bereich des Lesepultes und auf dem Altar stehen Kerzen dicht beieinander.

„Tauet, Himmel den Gerechten", stimmt die Orgel an. Alle nehmen die Melodie auf und singen mit. Gott, sei Dank, ist die erste und zweite Strophe so bekannt, dass kein Licht für das Gesangbuch nötig ist. Da ich keine Gesichter im weiten Rund erkennen kann, sondern nur Körper ausmache, sehe ich nicht, wer heute anwesend ist. Allerdings höre ich Frau Annemaries Stimme. Sie hat einen so markanten und durchdringenden Alt. Man kann sie kaum überhören. Aus den hinteren Reihen brummt Karl aus der Binngasse. Aha, die sind also da.

Nach dem Gottesdienst komme ich in die Sakristei. Hinter mir kommt Theresa, die Küsterin, in den Raum. „Schön", sagt sie. „Das war ein schöner Gottesdienst. Aber wissen sie was?", und damit blickt sie mich erwartungsvoll an – nach dem Motto: Sie müssen das doch wissen. Und ich dachte im Stillen, dass ihr die Liedauswahl gefallen hat. – „Ich musste mich nicht kämmen. Es war so schön dunkel, dass keiner meine Frisur gesehen hat. Das hat mir besonders gefallen!" Leise und in mich hinein musste ich dann schmunzeln. Ob es Roratemessen vielleicht nur oder wegen weiblicher Eitelkeit gibt?

Vor einigen Wochen war mir folgendes passiert: Als ich nach dem Gottesdienst zurück in die Sakristei kam, folgte mir eine Lektorin, eine Frau, die die Lesung vorgelesen hatte. Während ich meine Messgewänder auszog, meinte sie: „Ich war heute gar nicht andächtig. Ich musste nur immer auf sie schauen." – Ich brummte ein fragendes: „Hmm!?" – „Was denn?", meinte ich. „Wissen sie, sie waren heute nicht gekämmt!" – Unwillkürlich strich ich über meinen Kopf. Wieder alle Haare in der Ordnung? „Oje", schießt es mir durch das Gehirn, „Das hat sie heute abgelenkt, mit Gedanken und Andacht dem Gottesdienst zu folgen? Dann muss ich ja ganz besonders aufpassen, wenn ich das nächste Mal Gottesdienst halte. Ich kann nicht verantworten, dass sie nicht andächtig sind. Dann sind die Haare gekämmt!" meine ich mit einem Zwinkern. – Oder aber es gibt Kerzenlicht am frühen Morgen....

(17) Wer steckt hinter der Verkleidung?

Apropos Rorate-Messen: Während einer Konferenz über Aktionen während der Adventszeit in den Pfarreien, berichtet wird, erwähne ich auch die Rorate-Messen. Ein Anwesender hatte wohl nicht richtig zugehört und fragte zu meinem Erstaunen: „Ach, was sind denn das: Rollator-Messen? Kommen da Menschen, die auf einen Rollator angewiesen sind, zum Gottesdienst? Das wäre mal etwas Neues in der Kirche."

Einen Moment dauert es - bis ich verstehe: „Ich glaube es liegt ein Missverständnis vor: Es werden Rorate-Messen und keine Rollator-Messen gefeiert. Aber je mehr ich darüber nachdenke, sind Rollator-Messen keine schlechte Idee, um ältere Mitbürger und Mitbürgerinnen anzusprechen. Vielleicht greifen wir in Zukunft diese Form des Angebotes für diese Gottesdienstgruppe auf." Es soll auch positive Missverständnisse geben, wie am sieht!

Gerade die Älteren in den Altenheimen sind auch im Blickfeld. So ist es ins Altenheim zu gehen, immer ein Abenteuer. Nicht nur, dass man in eine „andere Welt" eintritt, die viele Ältere mit ihren Erfahrungen und ihren Möbeln im Zimmer abbildet, sondern auch für mich ein Umdenken von der „Außen-Welt" in das Denken und Sprechen der Senioren und Seniorinnen beinhaltet. Nicht selten wurde ich als „Herr Doktor" im Sinne eines Mediziners angeredet. „Es tut mir leid, aber ich kann ihnen keinen Blutdruck messen oder Medikamente verschreiben", meine ich enttäuschend. „Aber wir können gemeinsam beten. Das können wir." – „Ach, so! Ich bete auch jeden Tag. Heute Morgen hab´ ich schon den Rosenkranz gebetet." Die Seniorin schaut mich erwartungsvoll an. „Sehr schön, dann kommen sie doch jetzt mit in den Gottesdienst. Da beten und singen wir mit vielen anderen. Wie wär´s?" – „Hmm, vielleicht bis gleich!"

In den Gottesdienst kommen Rollstuhlfahrer, Rollator-Fahrer und Menschen auf Krücken, Behinderte und Nicht-Behinderte, eine vielfältige Gemeinschaft. Jeder ist auf seine Weise und mit seinen Möglichkeiten mit dem Herzen und mit den Lippen zum Beten und Singen dabei. Als der Gottesdienst vorüber ist, heißt es: Krankenkommunion. Ältere Menschen, die nicht zum Gottesdienst kommen können, weil sie bettlägerig sind, werden besucht und empfangen auf ihren Wunsch die Kommunion. „Kommen sie mit?", fragt mich meine heutige Begleiterin, eine Krankenschwester. „Aber sicher! Wie viele sind denn heute zu besuchen?" – „Nur eine Frau, aber machen sie sich auf etwas gefasst!" – Ein wenig fragend blicke ich sie an. „Ja, ja, lassen sie sich ´mal überraschen." – „Ok." Während des Gesprächs haben wir den Weg zu Frau Holle, die die Kommunion empfangen möchte, gefunden. Meine Begleiterin bedeutet mich zu warten und weist auf einen Tisch mit Plastikkittel und Handschuhen. „Das müssen sie anziehen. Frau Holle hat einen ansteckenden Keim. Und, dass sie sich nicht anstecken, müssen sie die Schutzkleidung" – sie zeigt auf die blaue Schutzkleidung – „anziehen." – „Oje, das hört sich ja aufregend an." Ein bisschen mulmig ist mir schon. Was passiert, wenn ich mich anstecken sollte, durchzuckt mich ein Gedanke. Aber schön, ich bin im „Auftrag des Herrn" unterwegs. Und „der Herr" wird mich schon beschützen, geht mir durch den Kopf. „Können sie mir bitte helfen, die Kleidung anzulegen?" – „Aber sicher!" – „Vielen Dank!" – „So, und jetzt ziehen sie noch die Haube an. Moment, ich binde sie fest. Jetzt die Latexhandschuhe." Gut verkleidet und geschützt, greife ich nach dem Transportgefäß für die Kommunion, die Pyxis. „Gehen sie nicht zu nahe an die Patientin, dass sie sie nicht anhusten kann. Wenn sie das Krankenzimmer verlassen, legen sie die blaue Kleidung ab und kommen sie kurz in das Schwesternzimmer." Ich nicke und drücke die Türklinke nieder. „Guten Tag, Frau Holle, ich bringe ihnen die Kommunion", nuschele ich hinter meinem Mundschutz. „Das ist ja schön. Ich freue mich. Aber ich werde diesen Raum nicht lebend verlassen können. Dazu bin ich viel zu krank." – „Meinen sie? Der liebe Gott, wird ihnen bestimmt helfen. Im heiligen Brot, das ich ihnen bringe, werden sie Kraft und Hoffnung erfahren. Glauben sie das?" – „Ja!", und dieses Wort kam ganz kräftig und überzeugend. „Sie sind eine mutige Frau. Der liebe Gott beschütze sie!" Ganz in mich gekehrt und in Gedanken über das Lebensschicksal dieser Frau nachdenkend, verlasse ich den Raum, nachdem ich mich der Schutzkleidung wie die Krankenschwester beschrieben hatte, entledigt habe. „Muss ich auch das Gefäß, in dem die Kommunion war, nach dem Besuch säubern?", frage ich unsicher. Denn ich gehe davon aus, dass der liebe Gott von keiner Krankheit angesteckt wird. „O, ja! Warten, sie bitte!" Flugs hat die Krankenschwester mir die Hostienschale aus der Hand genommen und marschiert aus dem Stationszimmer. „Ich mache sie sauber. Dann kann nicht passieren!", ruft sie über den Gang. „Wenn sie meinen…" sage ich abwesend und überlege, ob ich bis ans Ende meines Lebens in einem Krankenzimmer leben wollte, das nur mit Schutzkleidung betreten werden kann. Schreckliche Vorstellung!

Als ich wieder im Büro angekommen bin, finde ich eine Notiz im Mitteilungsbuch: „Der Kirchenchor bittet, die Heizung zur Chorprobe heute Abend, anzustellen." Na gut, denke ich. Dann schnell in die Sakristei, zur Regelanlage und die Programmierung vornehmen. Schließlich gehören Hausmeisterdienste nach Jahren des Studiums zu meinem „täglichen Brot". Ein anderes Mal fragen mich die Pfarrbriefausträger, ihnen noch einige fehlende Exemplare zum Verteilen auszudrucken; dann klingeln Benutzer des Pfarrheims, die den Schlüssel vergessen haben, um acht Uhr abends; oder fragen es Gottesdienstbesucher, ob sie ihren zurückgelassenen Regenschirm in der Kirche abholen können.

Solange ich die Anliegen erfüllen kann, bin ich bereit dazu. Was mich jedoch oft ärgert und „aus der Haut fahren" lässt, ist die Selbstverständlichkeit, mit der die Anliegen vorgetragen werden. Ich bitte, mich recht zu verstehen: allzu oft wird es als Selbstverständlichkeit angesehen, dass ich zur Mittagszeit oder wenn andere Feierabend haben, nichts anderes tue, und mich sofort und intensiv des Problems annehme.

(18) Krankensalbung am Samstag

Es ist wieder einmal Samstag. Und der Samstag bleibt, wenn möglich meinen hausmännlichen Arbeiten vorbehalten. Während die Blumen lechzend das ihnen angebotene Wasser aufsaugen, klingelt das Telefon. „Oh Mann", denke ich, „noch nicht mit der Haushaltsarbeit fertig… Das ist bestimmt wieder ein Sterbefall." Denn in der letzten Zeit haben die Beerdigungen – wahrscheinlich saisonbedingt – zugenommen. Jeder Telefonanruf könnte der nächste Fall sein. Ich drücke die Rufannahme-Taste des Telefons. „Katholisches Pfarramt Schellweiler, Thomas Linnartz…", sage ich mein Sprüchlein auf. „Ja, hier ist Klein. Meine Mutter ist krank und sie bittet um einen Pastor, um die Krankensalbung zu erhalten. Wäre das auch am Wochenende möglich?" Einen Moment muss ich nachdenken. „Es hört sich an, als ob am Wochenende keine Arbeit zugelassen wäre", denke ich unwillkürlich. Doch wenn andere Freizeit genießen, ist für bei der Kirche Angestellte die intensivste Arbeitszeit. Keine Sportschau, kein Kino- oder Theaterbesuch, geschweige denn einen Städtetrip sind einfach mal so möglich. Auch bei Feiern in der eigenen Familie, muss ich immer schauen, ob es einzurichten ist und ich mir „frei nehmen" kann. „Ihr seid beim falschen Arbeitgeber angestellt!", meinte neulich jemand zu mir. Jawohl!

Doch dann bin ich wieder schnell auf dem Boden der Tatsachen zurück, hier bei der Krankensalbung. Meine Aufgabe ist es auch Kranken, Trost zu spenden und Sterbende, nach meinen Möglichkeiten, mit dem Trost der Kirche zu begleiten. In diesen Fällen gibt es keine Schließzeiten, sondern nur Öffnungszeiten. „Ihre Mutter hat nach der Krankensalbung gefragt? Ist es dringend?" – „Naja,…!" Ich interpretiere das Naja als dringend. „Ist es ihnen recht, wenn ich in zehn Minuten bei ihnen bin?" – Ein Moment der Stille. Das ist wohl das Überraschungsmoment! „Ja, das wäre prima!" – „Dann bis gleich." Nicht ohne noch nach Adresse und Alter der Kranken zu fragen, beende ich die Verbindung. Und in der Tat klingele ich zwölf Minuten später an der Haustüre der Anrufenden. „Danke, dass sie gekommen sind. Meine Mutter erwartet sie schon." – Die Kranke ist ansprechbar und lächelt sanft als ich meine Hand auf ihre Schulter lege. „Dann beten wir gemeinsam, damit sie Kraft und Hoffnung durch unseren Glauben bekommen. Wäre das in Ordnung?" – Sie lächelt wieder und nickt. Mein Eindruck ist, dass sie weiß, dass sie nicht mehr lange zu leben hat.
Wir beten gemeinsam, auch die Tochter. Mittlerweile sind weitere Angehörige in das Zimmer gekommen. Auch sie beten mit. Als ich im Rahmen der Spendung der Krankensalbung die Hände auf den Kopf der Kranken lege, kann man eine

Stecknadel fallen hören. Es ist ein sehr bewegender und auch intimer Moment für alle Anwesenden. In der Berührung möchte Gott dem Kranken ganz nahe sein und seine Zuversicht, bildlich gesagt, übertragen.

„Haben sie ein Lieblingslied, das wir singen könnten?", frage ich in die Runde. „Maria, breit´ den Mantel aus!" – „In Ordnung!" – Jemand blättert im Gebetbuch „Gotteslob". „Nummer 595" – Und schon stimmt die Tochter das Lied an. Die Kranke hat sichtlich gefallen an dem Gesang. Sie singt auch die zweite Strophe mit. „Vielen Dank", sagt sie als der letzte Ton verklungen ist. „Ihnen auch: vielen Dank! Machen sie es gut" Obwohl mir bewusst wird, dass ich die Kranke wohl kaum auf der Erde wiedersehen werde – spätestens aber im Himmel, so hoffe ich.

„Machen sie´s besser!", sagt sie. Dieser Satz klingt mir noch in den Ohren, als ich im Auto sitze und wieder ins Büro fahre.

Ein paar Tage später wird die Tochter anrufen und die traurige Nachricht durchgeben: „Meine Mutter ist heute Morgen friedlich eingeschlafen. Wann könnte die Beerdigung sein?" – „Mein Beileid!" Ab hier kann man sagen, beginnt wieder ein – leider – standardisierter Ablauf bis zur Beerdigung. Aber dieses Vorgehen schützt davor, bei jedem Sterbefall mitzuleiden. Das wäre nicht aushaltbar.

(19) Von Gedanken während des Tages und einer zügellosen Geschichte

Als ich heute Morgen aufwache und die Gedanken beim Rasieren sortiere, wird mir wieder einmal bewusst, wie groß die Pfarreiengemeinschaft für die ich als Leiter eingesetzt bin, ist: Ungefähr 11.000 Katholiken oder „Seelen" oder auch „Schäfchen" – wobei ich dann das Oberschaf wäre -, Vorgesetzter für 3 hauptamtliche pastorale Mitarbeiter und Mitarbeiterinnen, 9 Kirchengemeinden, 15 Dörfer mit jeweils Kirche oder Kapelle, über 500 Ehrenamtliche, 4 Kindergärten, 9 Frauengemeinschaften und 17 gemeindliche Räte, … „Schluss jetzt", sagt eine innere Stimme. „Es reicht, sonst gehst du besser wieder ins Bett." Allein an die Verantwortung zu denken, dass „der Laden läuft", dass die pastorale Arbeit und die Seelsorge aufrecht erhalten bleibt, eine Struktur und Organisation unterstützend dem Ziel am Aufbau des Reiches Gottes dient. „Moment!", höre ich mein Unterbewusstsein protestieren. „Die anderen hauptamtlichen Mitarbeiterinnen und Mitarbeiter sind doch auch noch da und machen gute Arbeit!! Oder? Hast du noch nichts vom allgemeinen Priestertum, das in der Taufe gegründet ist, gehört? Welche Aufgaben und Rolle haben wir denn? Du bist hier nicht der große Zampano!" Recht, hat sie, denke ich dann. Schließlich bin ich nicht ganz allein, mutterseelenallein, für die große Pfarreiengemeinschaft verantwortlich. Da gibt es gute und engagierte Frauen und Männer, die mitarbeiten. Sollte das nicht den Start in den Tag, während ich vor dem Badezimmerspiegel sinniere, motivieren?

Schließlich ergeben sich im Zuge der Umstrukturierung der Pfarreien im Bistum viele Änderungen im Ablauf und Ausführung der Pastoral.

Ein Anliegen des Pastoral-Teams war es, möglich umfassende Informationen an die Pfarrangehörigen zu geben. Mit einer großangelegten Kampagne versuchten wir aufzuklären.

Einer der am dringlichsten Fragen, war, wie in Zukunft die Gottesdienste gehalten werden sollen. Bei einem Rückgang der Priesterzahlen und gleichzeitigem Fortbestand der Pfarreien, ist es unumgänglich, Gottesdienste zu streichen oder zusammenzufassen. Meist fand diese Ankündigung keinen Beifall. Verständlich, aber nicht abwendbar. Es sei denn, dass die Priester zu Mess-o-maten, in Anlehnung an das Wort „Mess-Automat", degradieren. Damit meine ich, dass sie nur noch Messen lesen – ablesen, ohne Seele. Nach drei Messen am Wochenende, was nicht selten vorkam, fragte ich mich während der dritten Messe: „Wer spricht denn hier?" Ich kam mir vor, wie neben mir selbst zu stehen. Eine seltsame Beobachtung – bei mir!

Konkret fragte eine ältere Dame: „Wenn keine Priester mehr da sind, wer beerdigt mich dann?" – „Wissen sie", meinte ich mit einem Anflug von Bedauern: „Es werden kirchliche Mitarbeiterinnen und Mitarbeiter ausgebildet, die beerdigen werden. Dies wird im Auftrag des Bischofs geschehen. Und sie brauchen keine Angst zu haben, dass sie nicht kirchlich beerdigt werden, wenn sie das wünschen." – Einen Moment blickte sie mir tief in die Augen, um sich von den Worten zu überzeugen. Dann seufzte sie tief und sagte im Brustton der Überzeugung: „Wenn das so ist, dann will ich 120 Jahre werden. Vielleicht sind dann wieder mehr Priester da, von denen mich einer beerdigen kann." Und sie nickte, gleichsam, um ihre Worte zu unterstreichen. „Ok", dachte ich und musste in mich hineinlachen, „das ist auch eine Einstellung."

Als ich über die bevorstehende Strukturreform zu pfarreilichen Großräume befragt wurde, musste ich an die zu verbringende Zeit im Auto denken und es platzte mir heraus: „Ich denke daran, dass mein Auto in wenigen Monaten mehr als 100.000 km auf dem Tacho haben wird." Ganz so schlimm war es dann doch nicht. Aber ungefähr 100 km Fahrstrecke pro Tag waren in der Folgezeit keine Seltenheit. Wenn man bedenkt, dass die Fläche des

Einsatzgebietes größer als das Fürstentum Liechtenstein war, wäre der Titel eines Erzbischofs – wie ihn das Fürstentum Liechtenstein beherbergt – angebracht gewesen, meinten einige Mitglieder der Pfarreien. Aber darauf lege ich keinen Wert. Also dann, der vor mir liegende Arbeitstag, mag kommen. Ich habe eine kompetente Gruppe zur Seite! – Wenn ich auch für mich einräume, dass es ab und zu Reibereien mit mir oder untereinander gibt. Dieser Umstand soll mich heute nicht belasten. Am Abend treffen sich die Mütter und Väter, die ihre Kinder während der Erstkommunion-Vorbereitungszeit begleiten. Während den Treffen bespricht die Gemeindereferentin die folgenden Gruppenstunden, so dass die Katechetinnen und Katecheten – wie die Begleiter genannt werden – die entsprechenden Inhalte der Gruppenstunden an die Kinder weitergeben können. Heute steht die Geschichte vom „Barmherzigen Vater und verlorenen Sohn" auf dem Programm. Die biblische Geschichte für die Katecheten vorbereitet: Es wird die Geschichte vorgelesen, während ich sie mit Legematerial, bestehend aus bunten Tüchern und Holzklötzchen, versuche zu visualisieren. Satz für Satz, wird die Geschichte erzählt und von mir gelegt.

Die Geschichte beginnt: „Und Jesus erzählte ihnen folgendes Gleichnis. Ein Mann hatte zwei Söhne…"
Ich lege mit einigen Holzstäbchen zwei kleinere

Figuren als die beiden Söhne und eine etwas größere für den Vater. Es entsteht aus einem braunen Tuch ein Haus, eine Sonne aus einem gelben Tuch. Die Abstimmung zwischen Leser und mir als „Leger" funktioniert gut. Mit der Zeit aber merke ich wie ich, wie ich mit der „Legerei" nicht nachkomme. Die gelesenen Sätze laufen schneller über die Lippen als meine Hände das entstehende Bild formen können. „… und er führte ein zügelloses Leben…" Eine kleine Pause. „Sie lesen aber ganz schön zügellos!", keuchte ich fast außer Atem, während kleine, bunte Legeklötzchen das Konfetti eines Festes darstellen sollte. Bevor der nächste Satz gelesen wird, stockt es und alle beginnen laut zu lachen.

In den folgenden Jahren wird die Geschichte vom „zügellosen Leben" in den Katechetenrunden zur allgemeinen Erheiterung erzählt. Und vergessen werden die Teilnehmer und Teilnehmerinnen unserer Treffen die Geschichte aus der Bibel so leicht nicht mehr. „Zügellos" bleibt in Zukunft das Synonym für „vorpreschen, ohne auf die Folgenden zu achten".

(20) Kaffee hält munter

In der letzten Zeit reißen die Sterbefälle in der Pfarreiengemeinschaft nicht ab. In den vergangenen Wochen gab es kaum einen Tag, dem nicht wenigstens eine Nachricht mit einem Zettel über die Terminierung einer Beerdigung auf dem Schreibtisch des Büros vorzufinden war. „Da bekommt man ja Angst und Bange. In den Dörfern scheint alles auszusterben", meint „Börne" nicht ohne einen Anflug von Ernsthaftigkeit. Und in der Tat, mit der Zeit, bei solcher Anzahl von Sterbefällen, kann ich auch depressiv werden: Trauerbesuche und –gespräche, Sterbeämter und die Zeit auf dem Friedhof lassen über Leben und einen Sinn des Lebens nachdenken – mit keinen ruhigen Gedanken. Und immer wieder der Versuch den Angehörigen Trost und Hoffnung aus dem Glauben zu vermitteln. Es ist ein aufreibendes „Geschäft", denn jeder Fall ist anders gelagert, erfordert Fingerspitzengefühl und die richtigen Worte. Die Erwartungen an den Auftrag der Kirche sind hoch. Trauernde begleiten, würde ich sagen, gehört ja schließlich zu den Werken der Barmherzigkeit und zu den Kernaufgaben der Kirche. Dass ab und zu „gute Arbeit" geleistet wird, zeigen die Worte für die Bestattung in den Danksagungen in der Tageszeitung. Das zeigt, dass sich die Arbeit, das Abwägen der Worte, das

Hören der Sorgen der Angehörigen, die persönliche Auseinandersetzung mit der Situation und dem Tod als Tatsache „gelohnt" hat, sofern man dieses Wort gebrauchen kann.

Das Telefon klingelt. Die Sekretärin, die Dienst im Büro hat, nimmt den Hörer ab, meldet sich mit freundlicher Stimme: „Pfarramt St. Abakus Schellweiler. Was kann ich für sie tun?" – Ich beobachte wie sie aufmerksam zuhört, nickt und dann dem Gegenüber ins Telefon spricht: „... da muss ich ihnen den Chef geben." Oje, bestimmt schon wieder ein Sterbefall. Ich nehme den Hörer in die Hand, dann an das Ohr: „Thomas Linnartz, Guten Tag!" – „Könnten sie heute oder morgen zu meinem Vater kommen. Er im Sterben und es fällt ihm schwer, dieses Leben loszulassen. Vielleicht können sie mit ihm Beten." – „Ja, ich verstehe. Wäre es ihnen recht, wenn ich morgen gegen zehn Uhr bei ihnen vorbei komme?" Dabei werfe ich einen Blick auf meinen geöffneten Terminkalender: der Besuch kann stattfinden. „Also, dann bis morgen." – Die Sekretärin nimmt den Hörer entgegen, den ich ihr wieder übergebe. „Also, ich brauche jetzt erst mal ´ne Tass´ Kaffee. Wer trinkt eine mit?" Ein Blick in die Runde - die lächelnd nickt, stelle ich die Kaffee-Maschine auf Betrieb. Wenig später erfüllt Kaffee-Duft das Büro. „Der Kaffee ist fertig!", singe ich, das Büro betretend. „Bitte schön!"

Mit einer Tasse Kaffee geht bei uns die Arbeit viel schneller voran. Wohl nicht nur, weil der Kaffee anregend und Blutdruck steigernd ist, sondern auch weil er für das Büro in Schellweiler „Kult" ist, das Getränk, bei dem erzählt wird, wichtige Informationen gehandelt werden und auch mal den Stress und den Druck, dem wir ausgesetzt sind, vergessen lässt. Neulich haben wir sogar ein „pfarramtliches Siegel" erfunden: Auf einem Blatt Papier blieb ein Kaffee-Fleck zurück. Da im Büro so viel Kaffee getrunken wird, wurde der Kaffee(-Fleck) zum Erkennungszeichen. So ist der Kaffee kaum wegzudenken aus dem Alltag des Pfarrbüros.

Das deckt sich mit der Aussage von Gabi, der Pastoralreferentin des Dekanates, die festgestellt hat, dass „in Schellweiler die beste Kaffeemaschine des Dekanates steht". Höchstens eingeschränkt von dem Leiter des Dekanates, Christoph, der darauf meinte: „... mag sein, dass in Schellweiler die beste *dienstliche* Kaffeemaschine steht. Aber bei mir in Hosingen ..." Soll er sich denken, was er will! Hauptsache uns im Pfarrbüro schmeckt der Kaffee auch weiterhin gut.

(21) „Also, hören sie mal, Herr Pastor!"

Kurz vor zehn Uhr habe ich den gestern vereinbarten Besuch bei dem Kranken vorbereitet. Das benötigte Buch für die Gebete mit Kranken liegt bereit, die Kommunion ist eingepackt und ich habe die Adresse in der Datenbank herausgesucht. Also, Auto aus der Garage – und los!

„Schön, dass sie so schnell kommen konnten.", begrüßt mich die Tochter des Kranken. „Ich habe ihm gesagt, dass sie kommen, aber ich weiß nicht, ob er sie erkennt." – „Och, das macht ja nichts. Schauen wir ´mal!" Opa Karl liegt in seinem Krankenbett und hebt den Kopf als ich ihn mit meinem optimistischstem „Hallo, wie geht es ihnen?", begrüße, wissend, dass er bald sterben wird. Da muss ich für mich schon überwinden: Auf der einen Seite kann ich die Krankheit, die er hat ebenso wie den Prozess des Sterbens nicht beiseiteschieben – auch mit Blick auf die Angehörigen, die um ihn trauern werden. Das belastet mich. Wie soll ich die richtigen Worte wieder finden? Natürlich kann jemand einwenden, dass diese Situationen mir nicht fremd sind. Richtig, zugegeben! Aber die vermeintliche Routine, auf man sich beruft, ist eben keine Routine. Jeder „Fall" ist anders – gelagert. Wichtig ist es, den Überblick nicht zu verlieren.

Apropos „Überblick", den habe ich auch nicht immer: Am Tag, an dem die Uhrzeit von Winter- auf Sommerzeit umgestellt wird – oder von Sommer auf Winterzeit pflege ich die Besucher im Gottesdienst auf die bevorstehende Zeitumstellung hinzuweisen. Konkret: Es ist der Tag der Umstellung von Winter- auf Sommerzeit. Kurz vor dem Schlusssegen im Gottesdienst blicke ich auf die Besucher, lächele kurz und versuche im Brustton der Überzeugung zu sagen: „Bitte beachten sie, dass sie die Uhr heute Abend um eine Stunde zurückstellen." – Kurze Stille – Dann meinen einige Gläubige, in dem sie lächelnd Richtung meines Standortes schauen: „Eine Stunde vorstellen!"

Recht haben sie! Ich habe mich ganz einfach verquatscht. Es sollte natürlich „vorstellen" heißen. „Vielen Dank", sage ich durch das Mikrofon. „Wie ich sehe und höre, haben sie alle gut aufgepasst. Prima! Bei umgestellter Uhr sind sie dann morgen bestimmt ganz pünktlich. Haben sie alle einen schönen Sonntag!" Einige lächeln oder grinsen. „Der Herr sei mit euch…"

Bei der nächsten Ankündigung die Uhr umzustellen, sollte ich einen Zettel, auf dem die richtige Handlungsanweisung notiert ist, mitnehmen. Einfacher wäre es bestimmt… und letztlich auch weniger peinlich – für mich.

Im nach hinein dachte ich über den „Zwischenfall"
nach. Es war eine der wenigen Möglichkeiten, in
denen die Gottesdienstbesucher aktiv und lautstark
und spontan sich äußerten. Würden sie das doch
öfter tun… Etwa wenn sie sich während der Predigt
ein-mischen würden, vielleicht so: „Es ist ja schön
und gut, was sie uns da erzählen, aber ich habe
eine ganz andere Erfahrung gemacht. Und die
würde ich ihnen allen gerne mitteilen…" – „Also,
hören sie mal, was sie heute hier predigen, stimmt
nicht. Wie können sie so etwa sagen, wo sie doch
keine Kinder haben und in der Erziehung von
Kindern gar keine Ahnung haben…" – „Wie kann
Gott das gemeint haben und was bedeutet diese
Bibelstelle für mein Leben?" Es würde den
Gottesdienst bestimmt lebendiger machen und auch
interessanter für die Menschen, weil sie verstehen
werden, dass auch ihr Leben im Gottesdienst
vorkommt – mit allen Sorgen, Problemen,
Aufgaben; aber auch mit ihrer Freude, Dank und
Visionen.

(22) Probleme mit der Kirche

„Hey, du! Du bist doch Pastor? Ich hätte da mal ´ne Frage!", mit diesen Worten schaut mich ein 10jähriges Kind mit herausforderndem Blick an. Und ich merkte, dass etwas für diesen Menschen etwas ganz wichtiges in diesen Sätzen liegt. Keine Neugier oder Wissensdurst, sondern eine Frage, die ihn existentiell betrifft: eine Frage, die mir immer wieder gestellt wird: „Warum dürfen Pastöre nicht heiraten?" Ich stehe dann immer in der Spannung meine eigene, private Meinung und Sichtweise, mit der offiziellen Kirchenrichtlinie zu verschneiden. Immer wieder eine Herausforderung und auch Grat-Wanderung nicht abzustürzen! Schließlich werden die Kinder meine Stellungnahme ihren Eltern, Großeltern, Freunden und anderen Menschen weiter erzählen. Und je nach nachdem, was ich ihnen mitteile oder wie sie es verstehen, kann ich im wörtlichen Sinn „in Teufels Küche kommen". Und die soll auch noch wirklich heiß sein. Deswegen möchte ich mir die Finger nicht verbrennen.

Zurück zur Frage „Warum dürfen Pastöre nicht heiraten?" – „Weißt du, Pastöre handeln im Auftrag von Jesus. Jesus hatte keine Frau – so steht´s jedenfalls in der Bibel. Daher dürfen auch Pastöre nicht heiraten. Es könnte ja sein, so meinen der Papst in Rom und die Bischöfe, dass der Pastor sich mehr um seine Frau oder Kinder kümmert als um seine Gemeinde. Das wäre nicht gut." – „Ja aber, das ist es blöd. Dann kannst du ja keine Kinder haben. Das ist aber schade...!" Die Augen des Kindes blicken mich voll Mitleid und Enttäuschung an. So als ob sie sagen wollten: „Du bist ein armer Kerl!" So Unrecht haben sie natürlich nicht, denn sie versprühen so viel Charme, dass man sie knuddeln könnte.

Aber nicht nur Kinder haben ihre Probleme mit dem Thema Zölibat. Frau G., ist fast 90 Jahre alt vertritt eine – für ihr Alter sehr progressive Haltung. Bei jedem Besuch bemerkt sie im Brustton der Überzeugung: „Man sollte die Pastöre heiraten lassen!" Für ihr Alter ist sie alles andere als altmodisch. Es tut mir gut, moderne und gute Ideen als Bestätigung aus dem Mund einer lebenserfahrenen Frau zu hören. So reserviere ich immer ein wenig mehr Zeit als üblich für den Besuch für sie.

Doch auch ein anderes Problem zeigt sich bei „Kirchens": an dieser Stelle schießt mir das Wort „Kinds-Missbrauch" durch den Kopf. Ein abscheuliches Verbrechen, wie Menschen sich an Kindern vergehen. Gewaltsam wurde ihnen, die sich nicht wehren können, Schäden an Leib und Seele zugefügt.

Um nicht in den Dunstkreis „sexuellen Missbrauchs" zu gelangen, halte ich – so gern ich Kinder mag – mir auf Distanz. Das ist manchmal schwer. Wenn ein Kind an der Pfarrhaustüre klingelt und ich allein im Haus bin, öffne ich natürlich die Türe, lasse aber kein Kind ins das Haus. Alle Gespräche finden vor der Haustüre statt. Und dabei geht es nicht selten auch in den Augen der Kinder um existentielle Fragen. Die Palette reicht von Liebeskummer bis zur Trauer um ein geliebtes Haustier. Im Winter sind die Gespräche kürzer als im Sommer. Das ist wohl verständlich, es ist kalt.

Selbst während den Beichtgesprächen vor der Erstkommunion heißt es Klarheit und Offenheit zu demonstrieren. Es bedeutet eine Gratwanderung zwischen dem Schutz des Beichtgeheimnisses und der Beobachtung durch andere, dass kein Übergriff geschehen kann.

Aber „Warum dürfen Pastöre nicht heiraten?" – Eine Frage, die ich auch gerne an die Bischöfe und den Papst weitergeben würde. Theologische und kirchliche Begründungen, nicht zuletzt das Kirchenrecht, werden als Begründung angeführt. „Lesen sie die einschlägigen Schriften des heiligen Vaters oder die Argumente der Kirche!", sagte mir auf die Frage eines Kindes ein Ortsbischof. „Schnick-schnack", hätte ich gerne entgegnet. Und gefragt: „Kennen sie das Leben? Kennen sie die Sorgen und Probleme ihres Klerus? Wissen sie um Vereinsamung und fehlendes Mensch-Sein? Und vor allem: Was hätte unser Herr Jesus in dieser Frage geantwortet? Hätte er nicht gesagt: Liebe

Leute, euch soll es um Gottes Reich gehen. Und dazu gehört auch das Mensch-Sein, nicht Funktionär einer Firma. Wer mit einer Frau leben möchte, soll diesen Weg gehen." Schließlich könnte der Papst mit seiner Unterschrift eine entsprechende Verfügung in Kraft setzen. Aber ... wie so oft in diesem „Verein Kirche": der Eindruck entsteht – und ich behaupte es – wie es den Menschen geht, ihre Sorgen und Sehnsüchte bleiben unter dem Deckmantel der Kirchen-Disziplin begraben. Schade! Aber kein Wunder, wenn immer mehr Menschen der Kirche den Rücken zukehren, „Aus-der-Kirche-austreten". Für mich ein Alarmsignal, das vielleicht von den Verantwortlichen wahrgenommen und aber nicht ernstgenommen wird.

(23) „Sie sind der Pastor?"

Manchmal besuchen Vertreter von Kerzenfabriken die Pfarrbüros. Männer mit seidenen Krawatten und dunkelgrauen Anzügen schauen vorbei, besonders vor Ostern und Weihnachten. Mappen mit Bestell-Listen sowie einigen Musterkerzen führen sie bei sich. Sie wollen möglichst vor den großen christlichen Feiertagen noch einige Kerzen-Aufträge „abfackeln". Aber unsere Kirchengemeinden beziehen ihre Kerzen von einer Fabrik, von der sie schon seit Jahren beliefert werden. Ohne Probleme. Also war es einmal wieder so weit: Ein Vertreter war unterwegs. Er kam in die Kirche, in der einige Messdiener die Abläufe für den bevorstehenden Festgottesdienst probten. Neugierig blicken die Messdiener und ich der fein gekleideten Person entgegen. Meine Kleidung: Jeans, Pullover und schwarze Lederjacke. „Guten Tag", wendet sich der Glänzende an mich. „Mein Name ist Peter Docht von der Firma Flammbo. Entschuldigung, wissen sie wo das Pfarrbüro ist? Ich möchte mal kurz nachfragen, ob sie noch Kerzen brauchen?" – „Wenn sie aus der Kirche kommen, gehen sie links den Weg entlang bis zu dem großen Haus. Klingeln sie dort!" – „Vielen Dank!" – Kurze Pause. Und dann eine für mich überraschende und im nach hinein für mich belustigende Frage: „Sind sie der Küster?" Dabei schaut er mich an, als ob er seiner Frage nicht sicher sei und er die Antwort schon kennt. Innerlich beginne ich mich zu amüsieren. Welches Bild, besser welches Aussehen, deckt sich mit seinen Vorstellungen von kirchlichen Mitarbeitern. Machen Kleider die Leute? Denn mehr kann er aus der kurzen Begegnung im Kirchenschiff ableiten.

„Nein, tut mir leid", sage ich – und für mich ein wenig belustigt: „Ich bin der Pastor." – Mehr als ein kurzes: „Ach, so!", bringt er nicht über die Lippen. In solchen Situationen kann ich immer mal über mich selbst lachen.

So wie bei der Bedienung in einem Café: Die Frauengemeinschaft hat ihren jährlichen Tagesausflug gemacht. Zum Abschluss, vor der Heimfahrt im Bus, wird noch Kaffee getrunken und Kuchen gegessen. Da ich der einzige Mann in einer so großen Schar von älteren und jüngeren Frauen zwangsläufig herausrage, indem ich mich mitten unter sie mische, im Dialog bin, zuhöre, ist es in diesem Zusammenhang nicht einfach meine Identität zu verifizieren. Meine Kleidung und mein Verhalten deuten nicht auf meine Rolle als Pastor hin. Jeans, Anorak und Pulli und ein wenig ungekämmt, lassen offensichtlich nicht den Schluss zu, der Präses der Frauengemeinschaft zu sein. Den stellt man sich, so habe ich herausfinden können, eher in dunklem Anzug, weißem Hemd, schwarzen Schuhen und die Haare durchgestylt, vor. Verwirrung bringe ich in das allzu normale Bild einer kleidungsorientierten Gesellschaft. Denn die Dinge sind oft nicht wie sie scheinen.

Doch schauen wir wie es im Café weitergeht: Kurz vor Aufbruch zum Bus, geht die Bedienung von Tisch zu Tisch von Frau zu Frau, erkundigt sich nach der Anzahl der getrunkenen Tassen Kaffee und gegessenen Stücke Kuchen, rechnet aus und nennt den Preis für die verzehrten Dinge. Der wird dann bezahlt. Als sie zu mir kommt, nenne auch ich meine Anzahl der getrunkenen Kaffeetassen und gegessenen Kuchenstücke. Statt den Preis zu nennen, den ich zu zahlen habe, meint sie ganz selbstverständlich und kurz: „Sie als Busfahrer haben frei! Sie brauchen nichts zu bezahlen." Ich glaube für einen Augenblick war ich sprachlos – musste dann aber innerlich laut grinsen. Aber das konnte keiner hören oder sehen. Im meinem nächsten Leben werde ich Busfahrer!! Da gibt es Kaffee und Kuchen umsonst.

Doch, nein! „Wissen sie", sage ich zu der Kellnerin, „ich bin nicht der Busfahrer. Ich bin der Pastor. Ich bezahle wie die anderen auch." Sie schaut mich an, zuckt die Achseln und nimmt dann das Geld entgegen.

(24) Abschied von Oma G.

Eine andere Art Magenzwicken drückt mich, als Oma G. im Sterben lag. Ich mochte sie sehr, Oma G. Da meine Oma leider nicht mehr lebt, habe ich Oma G. zu „meiner Oma" erklärt. Umso mehr hat es mich betroffen, als ihr Sohn anrief und bat, mit der Krankensalbung vorbei zu kommen, weil sie im Sterben liegt. Natürlich konnte ich keine Zeit verstreichen lassen, „meine Oma" brauchte Hilfe. Fast kam ich mir vor wie der Kapitän eines Bootes zur Rettung Schiffbrüchiger, der ständig wachsam sein muss, um schnell zum Auslaufen bereit zu sein, bevor ein in Seenot geratenes Schiff in schwerer See sinkt. Und eigentlich war ich schon unterwegs – in Gedanken jedenfalls. Nur noch Stola und Krankenöl, auch das entsprechende Rituale, ein Buch für die Krankensalbung, in die Jackentasche stecken. „Ich bin zur Krasa bei Frau G. Bin bald zurück", rufe ich noch schnell ins Büro.

In wenigen Minuten bin ich bei Oma G. Nachdem ich mich bei den Angehörigen über ihre Stimmung und Befinden erkundigt habe, trete ich ins Krankenzimmer. Mit zwei mir entgegen gestreckten, offenen Händen, ergreift sie meinen Kopf und zieht mich an ihr Gesicht. „Schön, dass sie gekommen sind." Vielleicht hätte sie auch gerne gesagt: „Schön, dass du gekommen bist." Überrascht hätte es mich nicht. Wir mochten uns. Viele Gespräche während den Krankenbesuchen bauten eine Vertrautheit und Offenheit auf, die vorsichtig ausgedrückt als eine Seelenverwandtschaft bezeichnet werden kann. Großmutter und Enkel. „Ja, ich freue mich auch, dass ich heute bei ihnen bin, wenn auch der Anlass kein schöner ist. Trotzdem ich bin froh, sie zu sehen!" – „Ich bin auch froh, wenn ich zum lieben Gott komme." – „Ja, ich weiß, dass sie gut vorbereitet sind. Der liebe Gott wird sich freuen." Als ich das sage, werden meine Augen nicht feucht, sondern nass. Ich weiß, was in wenigen Tagen geschehen wird: Oma G. wird sterben, die Welt verlassen, von uns gehen, nicht mehr da sein. Das macht mich traurig, dass ich kurz davor bin zu weinen. Den Angehörigen geht es nicht anderes. Oma G. drückt mich fest. Und dann beten wir. Auch die anwesenden Angehörigen sprechen die Gebete mit. Mit einem dicken Kloß im Hals beende ich die Gebete, die mir angesichts der Situation sehr schwer fallen. Möge der liebe Gott mir meine Unkonzentriertheit verzeihen. Doch es tut mir Oma G. leid. Ich weiß, dass sie mir fehlen wird. Bevor ich gehe, habe ich das Bedürfnis sie noch einmal fest drücken. Ich bin mir bewusst, dass ich sie in diesem Leben nicht noch einmal sehen werde. „Beten sie bitte für mich und meine Familie", sagt sie voller Ernst. „Machen´s gut", flüstere ich ihr zu. „Und grüßen sie bitte alle im Himmel", füge ich in Gedanken an. Schließlich bin ich überzeugt, dass sie sofort in den Himmel kommt. Als die Haustüre ins Schloss gefallen ist, laufen mir Tränen übers Gesicht. Sie schmecken salzig. Es wird mir bewusst, dass ein lieber Mensch bald fehlen wird.

Wenige Tage später klingelt der Sohn von Oma G. „Sie ist gestorben!" – „Erwartet, aber trotzdem sehr traurig", nicke ich.

(25) Ein Sterbefall und gutes Essen

„Peter Brand von der Feuerwehr aus Lickingen. Können sie schnell vorbeikommen. Wir sind hier in der Wohnung von Frau Müller in der Schulstraße. Sie wissen ja, sie ist, äh, war 76 Jahre alt und lebt allein. Sie ist jemand gestorben. Es wäre wirklich wichtig, dass sie vorbeikommen könnten", tönt es aus Telefonhörer. – „Moment", antworte ich, „Also, wer ist wo gestorben?" Die Stimme wiederholt noch einmal Namen und Adresse. Ich kann mir die Aufregung der Feuerwehrleute angesichts eines Todesfalles vorstellen.

Kaum habe ich das Auto geparkt, kommt ein Feuerwehrmann auf mich zu. Er kennt mich und mein Auto. „Kommen sie, es ist so schrecklich!" – „Ok." Er führt mich in ein Zimmer, ein wenig dämmrig, kaum Licht dringt in den Raum. Eine Couch, ein Tisch, zwei, drei Stühle, eine Kommode, mehr kann ich nicht erkennen. Auf der Couch hebt sich eine Gestalt ab. Der Körper ist ganz mit bunten Wolldecken bedeckt. Nanu, denke ich, wer steckt denn dahinter? „Das ist Frau Müller, oder besser das war Frau Müller. Wir haben heute die Wohnungstür aufgebrochen, weil die Rollladen seit sechs Tagen unten waren. Keiner hat sie wohl vermisst, " sagt Peter Brand in ersticktem Ton. „Hmm", meine ich, „es riecht ja hier etwas streng?!" – „Ja, die Verwesung ist schon ziemlich weit fortgeschritten. Darüber hinaus haben die Katzen, die mit Frau Müller lebten, sie angefressen. Die Tiere haben kein Futter seit Tagen bekommen." Mir wird langsam angesichts der in der Wohnung nun wahrnehmbaren Geruchs und der Vorstellung, dass Katzen einen Menschen Arme oder Beine angefressen haben, langsam schlecht. Solche Geschichten kennt man vielleicht aus dem Fernsehen, aber das hier ist echt und wahr! Gut, dass die Decken über dem Leichnam ausgebreitet sind.

Doch der Magen rebelliert langsam. „Halte durch", sage ich zu mir selbst. „Bevor du den Mageninhalt ausspuckst, bete für die arme Frau…!" Also schlage ich das Gebetbuch auf, bete für Frau Müller und empfehle sie der Barmherzigkeit des lieben Gottes, in der Hoffnung, dass sie nun ein besseres Leben nach dem Tod hat, als von Katzen angefressen zu werden.

Mein Magen dreht sich immer schneller…. Ich weiß nicht, wie lange ich noch im Zimmer mit Frau Müller gewesen bin, aber als ich endlich in die frische Luft komme, atme ich erst tief durch. Uff! Das Bild von der unter den Wolldecken versteckten Leiche, geht mir durch den Kopf und nistet sich im Gedächtnis ein, fast unauslöschlich. Noch nach Jahren denke ich voll Grauen an jene Begegnung. Und oft, wenn ich streunende Katzen sehe, bricht sich jener Tag wieder Bahn in meinem Gedächtnis.

Jedenfalls an dem Tag, als die Feuerwehrmänner Frau Müller entdeckten, habe ich anschließend nichts mir gegessen. Der Magen wollte nichts mehr. Und in der Nacht hat er sich gewehrt, der Mageninhalt brach sich Bahn nach außen. Wie ich hörte, blieb ich nicht der Einzige mit dieser Körperreaktion. Selbst der den Totenschein ausstellende Arzt blieb vor dem Erbrechen nicht verschont, wie ich später erfuhr.

Dennoch hat Frau Müller eine würdevolle und schöne Beerdigung bekommen, ohne Bauchweh — meinerseits.

Da ist es doch viel schöner zum Essen eingeladen zu werden. Ab und zu erhalte ich eine Einladung vom Lis´. Sie ist eine ehemalige Küsterin, vor fünf Jahren hatte sie beschlossen, aus Altersgründen die Arbeit aufzugeben und für ihre Katze da zu sein. Die Katze ist mittlerweile gestorben, aber eine große Portion Gelassenheit und Ruhe hat Lis´ immer noch. Sie freut sich über Besuch — möglichst jeden Tag — und kocht den besten aufgebrühten Kaffee in der Umgebung. Zur Kirmes ist es Tradition, dass Lis´ zum Mittagessen einlädt. Da sie noch früher bei einem Pastor für den Haushalt verantwortlich gewesen ist, kennt sie nicht nur kirchliche „Spielregeln", sondern kann auch gut-bürgerlich kochen.

So sitze ich mit Lis´ an der festlich gedeckten Tafel in ihrem Wohnzimmer. Und bevor der erste

Suppenlöffel die köstlich duftende Markklößchen-Suppe, die die Geschmacksknospen anregt, berührt, mahnt Lis´: „Wir wollen auch beten." Und gemeinsam stimmen wir in das Gebet ein: „Komm´, Herr Jesus, sei unser Gast und segne, was du uns bescheret hast. Amen." Hhmm. Es schmeckt gut. Als der erste Gang abgeräumt wird, winkt mich Lis´ in die Küche. „Sie könnten den Salat anrichten. Essig und Öl, Salz und Kräuter, sind schon ´drin. Sie müssen nur alles verrühren." Sie drückt mir das Salatbesteck in Hand. Während ich mich mühe den Salat zu verrühren, jedes Salatblatt mit Essig und Öl in Berührung zu bringen, gleichzeitig nichts aus der Schüssel fallen zu lassen, nimmt Lis´ die Kartoffeln aus dem Topf. „Ich bringe dann mal den Salat auf den Tisch." – „Ist gut! Ach, könnten sie bitte noch die Flasche Wein öffnen?" – „Geht klar." Der Korkenzieher dreht sich in den Korken und ich wage einen Blick auf das Etikett er Weinflasche zu werfen. „Auweia", denke ich, „eine Spätlese. Ein guter Wein." Mittlerweile haben auch die Kartoffeln, die Erbsen und Möhren und die Sauce den Weg zum Tisch gefunden. „Bitte schön, nehmen sie sich. Aber richten sie nicht an dem, was ich esse. Ich esse so wenig", wendet sich Lis´ an mich. Und ich fülle langsam die Teller mit den Speisen. Irgendwie schmeckt es bei Lis´ anders – irgendwie nach Großmutter, nämlich herzhaft und herzlich. „Ich hoffe, es hat ihnen ein wenig geschmeckt!" – „Aber sicher, Lis´, es hat ganz toll geschmeckt!" – „Also, sie dürfen noch mal wiederkommen. Es war ein sehr schöner Mittag für mich – für sie auch?" Es tut gut, in diesem Moment beiden Seiten sich gegenseitig der ehrlichen Anerkennung zu versichern. Lis´, weil sie sich wohlfühlt für andere Menschen da zu sein und ihnen Gutes zu tun mir, weil ich Lis´ wegen ihrer Bemühungen für andere Menschen schätze – und das Essen.

(26) Wie versteckt man die Kommunion?

Während des Gottesdienstes erlebe ich so einige seltsame Situationen. Etwa diese: Während der Kommunionspendung treten die Gottesdienstbesucher zum Altar, um die Kommunion zu empfangen. Dabei essen sie die in ihre Hände gelegte Hostie in dem sie einen Schritt zu Seite treten und mit einer kleinen Verneigung wieder an ihren Platz in der Kirche zurückkehren. Manchmal passiert es, dass die Gottesdienstbesucher die Hostie mit-nehmen. Das ist nicht hinnehmbar, da die Gefahr eines Missbrauchs außerhalb des Altarbereichs sehr groß ist. Die Hostie ist so heilig, dass jede Nutzung, die nicht dem sofortigen Verzehr dient, zu unterbinden ist.

Als ein Kind, das vor kurzer Zeit zum ersten Mal zur Kommunion gegangen ist, die Hostie in die Hand nimmt und – statt zu essen, zu meinem großen Erstaunen – die Hostie vorsichtig in die Hosentasche transportiert. „Ach, je!", durchzuckt es mich. „Nur schnell hinterher, damit die Hostie nicht zerbröselt oder morgen auf dem Schulhof meistbietend als Beutestück abgegeben wird." Also raffe ich mein Messgewand zusammen und stampfe mit großen Schritten dem Kind hinterher. Es hört meine schnellen Schritte, dreht sich erschrocken um und ehe es etwas sagen kann, zeige ich auf die Hosentasche und zische möglichst leise: „Die Hostie in den Mund!" Dabei blicke ich ernst und bestimmt in das Gesicht des Kindes. Die anderen Gottesdienstbesucher wundern sich über meinen „Ausflug" innerhalb der Kirche. „Nun, los!", fordere ich nachdrücklich. Langsam und mit roten Ohren zieht das Kind die Hostie aus der Hosentasche und steckt sie – mir kommt es wie in Zeitlupe vor – in den Mund. Bevor ich wieder an meinen Platz zurückkehre, sehe ich noch wie der Unterkiefer zum Oberkiefer bewegt: die Hostie wird zerkaut. Die Gefahr des Missbrauchs ist gebannt. Auch Erwachsenen bin ich „nachgelaufen", weil sie die Hostie mitgenommen haben. Dann klopfe merkbar auf die Schultern, flüstere: „Die Kommunion, sofort essen!" dem Delinquenten entgegen. Meist führen sie die Hand mit der Kommunion in den Mund.

Sie sind oft erschrocken und wissen wahrscheinlich nicht, dass sie einem heiligen Ritual folgen, das sie nicht verstehen. Schade!

Auch dieses ist geschehen: Nach dem Empfang der Kommunion, haste ich einem Mann hinterher, tippe ihn an der Schulter und bedeute die Hostie in den Mund zu stecken. Er schaut mich böse an, verdreht die Augen und verschwindet in Menge der Gottesdienstbesucher. Naja, dann auf die Suche zu gehen oder mit lautem: „He, sie da, essen sie sofort die Kommunion. Ein bisschen plötzlich!", erscheint mir in keinem Verhältnis zu dem Trubel und dem Gerede, das entstehen würde. Dann vertraue ich darauf, dass der liebe Gott diesen Menschen im Blick und in seiner Liebe hält.

Wie heilig mir selbst die Materialien sind, die im Gottesdienst gebraucht werden, erlebte ich an einem heißen Sommertag: der Gottesdienst nimmt seinen gewohnten Ablauf, bis – ja bis ich in das Kännchen, in dem der Wein für das „Mahl" schaue. Denn der Wein wird für die Wandlung in das Blut Christi benötigt. Da sehe ich eine schwarze, dicke, fette Mücke in der Flüssigkeit schwimmen. Sie bewegt noch die Flügel und sieht alles andere als appetitlich aus. „Igitt", saust durch einen Kopf und fast auch über meinem Mund. Denn ist der Wein einmal „geheiligt", kann er nicht ausgegossen werden. Dann muss ich die Flüssigkeit trinken – mit Fliege. Mit innerlicher Abneigung tunke ich meine Finger in das Kännchen und versuche die Fliege heraus zu angeln. Sie windet sich zwischen Zeigefinder und Mittelfinger. Neuer Anlauf. Na endlich, das Getier fällt auf den Fußboden. Geschafft! Aber als ich den Wein später trinke, meine ich einen seltsamen Geschmack zu verspüren. Einbildung?

Gerne erinnere ich mich an eine Legende, die dem heiligen Wolfang passiert ist: Er verschluckte eine Fliege im gewandelten Wein. Und beim Mittagessen musste er rülpsen, öffnete den Mund und die Fliege schwirrte aus seinem Mund! Gut, dass ich die Fliege früher entfernen konnte, ohne zu rülpsen.

(27) Ein wilder Fotograf im Gottesdienst

Was so alles an Überraschungen und Unerwartetem nach dem Gottesdienst in der Sakristei passieren kann, zeigte sich nach dem letzten Erstkommunion-Gottesdienst: Ich war froh, dass der Gottesdienst für die Kinder, die zum ersten Mal zur heiligen Kommunion gingen, ohne größere Zwischenfälle durchgeführt wurde. Natürlich kann immer etwas passieren; etwa, dass einem Kind übel wird und es sich übergibt, die Kinder mit der Hostie, dem heiligen Brot spielen oder mir keine gute Predigt einfällt. Das wären Stör-Aktionen, die denkbar sein können, aber doch sehr selten eintreten.

Öfters kommt es trotz Hinweisen und Warnungen in den Elternabenden vor, dass es selbsternannte Fotografen wie wild im Erstkommunion-Gottesdienst ihr „Unwesen treiben." Oft genug haben sie durch Blitzlichtgewitter oder mögliche Nah-Aufnahmen nicht nur die Kommunionkinder, Eltern und mich abgelenkt. Die Kinder drehen sich gerne in Richtung der Kamera-Objektive. Und manche Eltern winken ihrem Kind, das natürlich zurückwinkt – und schon ist wieder ein schönes Bild „im Kasten". Mich ärgert solche Einstellung. Die Feier ist ja keine Showbühne, auf der schauspielerische Leistungen gefordert sind. Daher weise ich immer darauf hin, dass, falls mehr als die offiziell beauftragten Fotografen fotografieren, ich von meinem Hausrecht Gebrauch machen werde. Meist reicht der scherzhaft verpackte, doch ernst gemeinte Satz, aus, um die entsprechende Wirkung zu erreichen: die Beauftragten Fotografen sind die einzigen Fotografen. Andernfalls wollte ich die „gelbe Karte" zeigen.

Dieses Jahr musste ich seit einigen Jahren wieder einen „wilden", d.h. unautorisierten Foto-Knipser zur Ordnung rufen. Nachdem er seine moderne Kamera in Position gebracht hat, das Objektiv auf die Gruppe der Kommunionkinder gerichtet hat, drückt er auf den Auslöseknopf. Bei all seinem Tun habe ich ihn immer im Blick gehabt. Mein grimmiges Gesicht sieht er wohl nicht. Es entsteht bei mir der Eindruck, dass er bei seinem Handeln keinen Einhalt kennt. Und um weitere Bild-Aufnahmen zu unterbinden, entschließe ich mich, persönlich mit ihm zu sprechen. Also verlasse ich während des Gottesdienstes, während eines Liedes meinen Platz im Altarraum und gehe schnurstracks auf den Menschen zu und bitte ihn mit meiner sanftesten Stimme: „Würden sie bitte so nett sein, das Fotografieren einzustellen. Das stört unwahrscheinlich. Haben sie vielen Dank!" – Er schaut mich an, wohl ein wenig verständnislos. Könnte er sprechen, würde ich ihm die Worte: „Wie kann der mich beim Fotografieren auf diese Art maßregeln?" Dann mache ich kehrt und bin pünktlich zum Ende des Liedes wieder auf meinem Platz. Mit dieser Maßnahme sollte gleich zu Beginn des Gottesdienstes deutlich werden, dass es bestellte Fotografen gibt und Nachahmer nicht erwünscht sind. Tatsächlich bis auf eine kleine Ermahnung zeigte die Aktion Wirkung.

Und nun kommt das Unerwartete, Überraschende: Kaum in der Sakristei, gerade beim Ausziehen der liturgischen Gewänder, kommt jener von mir angesprochene „Hobby-Fotograf" in die Sakristei gestürmt und poltert: „Ich verlange von ihnen, dass sie sich in den nächsten vierzehn Tagen bei mir schriftlich entschuldigen. Sie haben mich vor allen Leuten bloßgestellt." – Erschrocken über die Lautstärke und die harten Worte, meine ich ganz ruhig – und hier merke ich, wie ich mich nicht einschüchtern lasse und über mich hinaus wachse.

„Entschuldigung, würden sie bitte zunächst ihre Lautstärke ein wenig drosseln?" – „Sie entschuldigen sich in den nächsten vierzehn Tagen bei mir oder ich wende mich an entsprechende Stellen; ich habe gute Kontakte zu kirchlichen Oberen. Ich war Jahre lang in kirchlichen Schulen...!" – Lautstärke unverändert. „Würden doch die Messdiener oder der Küster als Beobachter oder Zeugen in den Raum kommen!", denke ich. Doch keiner lässt sich blicken. Ein äußerst unsensibler Zeitgenosse steht vor mir. „Wissen sie", versuche ich meine Position deutlich zu machen, „den Eltern wurde von mir am Elternabend gesagt, dass nur der offizielle und von den Eltern beauftragte Fotograph Bilder in der Kirche, während des Gottesdienstes machen darf. Jeder anderen Person, die sich nicht daran hält, muss ich die „gelbe Karte" zeigen. Würde ich nicht einschreiten, fühlen sich viele Menschen bestätigt, auch zu fotografieren. Um die daraus fehlende Andacht und Würde des Gottesdienstes zu gewährleisten, sind nur die Offiziellen zugelassen. Nach dem Gottesdienst können sie fotografieren, so viel sie wollen." – „Das hat mir keiner gesagt!" – „Eben", meinte ich ruhig, „dann haben sie es im Gottesdienst erfahren." Darauf der vermeintliche Hobby-Fotograph: „Sie haben mir den Tag verdorben…!" – „Sie mir mit ihrer aufbrausenden und uneinsichtigen Verhaltensweise auch, leider." Wutentbrannt verließ er die Sakristei.

An den Tag habe ich keine schöne Erinnerung, dank des „netten" Menschen in der Sakristei.

Es kamen keine Reaktionen aus „den höchsten kirchlichen Kreisen." Nicht, dass ich mich davor gefürchtet hätte! Nein, aber immer wieder sich rechtfertigen vor Tatsachen, die klar und offensichtlich sind. Das raubt Zeit, Kraft und Nerven! Gehört habe ich nichts mehr von dieser Angelegenheit. Nur im Dorf gab es Anfragen, wer denn dieser unfreundliche Mann gewesen sei. „Ich weiß es nicht!" Schade, wenn man anderen Menschen das Leben schwer macht…

(28) An der Kleidung werdet ihr sie erkennen?

In den Augen vieler meiner Kollegen bin ich wohl kein richtiger Pastor, weil ich mich nicht entsprechend kleide. Schön mit römischem Kragen oder Soutane, vielleicht auch noch mit Birett, der Kopfbedeckung für Priester….

Nein, damit konnte ich noch nie etwas anfangen. Diese „Arbeitskleidung" hat mich noch nie angesprochen. Als das offizielle Foto der Kandidaten für die Priesterweihe gemacht werden sollte, boten einige Kollegen mir an, eine Soutane, die sie mir ausleihen wollten, anzuziehen. Ich lehnte dankend ab. Ich hätte mich ständig geärgert, meine Überzeugung verraten zu haben, wegen des „schönen" Priesteramtskandidaten-Weihebildchens. Nein, Danke! Schließlich ist meine Überzeugung, dass ich mit den Menschen leben will, also mich auch so kleide wie sie und mich nicht verkleide.

Auf jeden Fall wäre es im folgenden Fall vielleicht besser gewesen, deutlich als Priester zu erkennen gewesen zu sein…

Samstagnachmittag, eine kirchliche ist in Melfingen terminiert. Schnell die entsprechenden Unterlagen zusammen gesucht, Jacke an, Autoschlüssel und Garagenschlüssel in der Hand, rein ins Auto, Motor an, 1. Gang einlegen und rauf „auf die Piste".

Zugegeben, ein wenig in Zeitdruck war ich schon... Und da fährt so ein Schnecken-Auto vor mir. Fehlt nur noch der berühmte Hut des Fahrers. Blinker raus und ich überhole das rollende Hindernis. Der Fahrer des überholten Autos blinkt kurz auf, aber ich habe den Abstand vergrößert. „Alles klar", denke ich, „der hat sich geärgert, dass ich ihn überholt habe, deshalb hat er aufgeblendet. Na, gut!" – Doch der Lenker des folgenden Wagens kommt immer näher... Kurz vor Nederkalb bleibt mir beinahe das Herz stehen. Das nachfolgende Auto blendet kurz auf und aus dem Seitenfenster beobachte ich im Rückspiegel die rote Kelle raus und winkt, dass ich mein Auto stoppen soll.

Mein Blutdruck steigt, das Gesicht wird langsam rot... POLIZEI!

Langsam bremsend lasse ich mein Auto am Seitenstreifen ausrollen und stelle den Motor ab. Die Polizisten halten hinter mir, steigen aus und kommen zu mir. Seitenfenster herunterlassend, wünsche ich freundlich: „Guten Tag!" – „Guten Tag, Zivilstreife! Würden sie bitte aussteigen?!", sagt einer der beiden Polizisten in Jeans und Pullover. Als ich vor meinem Auto stehe, schlottern mir die Knie ein wenig. „Dürfen wir Personalausweis, Führerschein und Zulassung sehen?" – „Aber gerne, hier sind sie." – Kurze Pause, dann fragt der Polizist: „Wohin sind sie unterwegs?" – „Ich bin auf dem Weg zu einer Trauung nach Melfingen." – „Ach so, müssen sie deshalb so schnell fahren?" – „Es tut mir leid, aber ich bin ein wenig in Eile." – „Wieso?" – „Ich bin der Pastor…" – Auch hier eine kurze Pause und ein Abtasten mit den Augen von oben nach unten. Mit Jeans, weißem Hemd und Lederjacke sehe ich wirklich nicht so aus als wäre ich der Pastor. Die Männer von der Polizei haben bestimmt ein anderes Bild… Ungläubig schauen sie mich an. „Schauen sie hier, hier liegt die Stola", und zeige auf die auf dem Rücksitz liegende weiße Stola. „Hmm!" Die Männer nicken.

„Das entschuldigt aber nicht, dass sie uns in einer unübersichtlichen Kurve überholen. Wir mussten auf den Seitenstreifen ausweichen! Das war Verkehrsgefährdung" – Welche unübersichtliche Kurve? Mussten sie auf den Seitenstreifen ausweichen? So schlimm war´s nun aber nicht! Was mir durch den Kopf geht, kann ich nicht sagen. Ich finde die Polizisten übertreiben. Gut, aber das ist meine Meinung.

„Wären sie damit einverstanden ein Bußgeld in Höhe von 40 Euro zu bezahlen. 2 Punkte in Flensburg kommen auch noch dazu. Sind sie nicht einverstanden geht die Angelegenheit ans Gericht." – Kurze Überlegung meinerseits. „Ok, es war vielleicht ein gewagtes Überholmanöver. Ich akzeptiere. Aber kann ich jetzt weiterfahren, sonst komme ich nicht pünktlich zum Brautpaar." – „Geht klar, nächsten Montag, um 17:00 Uhr kommen wir an ihren Wohnort. Dann können wir den Rest besprechen. Seien sie auf jeden Fall da!" Das klingt in meinen Ohren wie eine Drohung. Aber ok!.

(29) Mess-lich

Es kann so viel passieren im Gottesdienst. Die Besucher kommen und feiern den Gottesdienst mit. Sie singen und beten, sind vielleicht innerlich ergriffen während der Predigt und empfangen den Leib Christi und den Segen Gottes. Manchmal werden falsche Töne gesungen oder das gemeinsame Tempo bei den Gebeten ist aus den Fugen geraten, die einen beten schneller, die anderen langsamer. Oder auch beliebt ist bei den Besuchern, falls die Predigt zu lange dauert, mit den Füßen zu scharren und unaufhörlich zu hüsteln. Als Leiter des Gottesdienstes gilt es für mich dies alles in Blick zu halten und auch um den Ablauf und Würde zu gewährleisten.

Umso spannender sind die „kleinen Ausrutscher", die – Gott sei Dank – immer wieder passieren und über die ich im Nachhinein nur schmunzeln kann.

Da war der Gottesdienst in Lallingen: der Innenraum der Kirche wurde renoviert und die Messen fanden im Saal des Bürgerhauses statt. Dichter gedrängt als in der Kirche standen die Menschen zusammen. Man konnte das Grummeln des Magens in der Stille bei sich und seinem Nachbar hören. Aber auch riechen, ob etwa zum Frühstück Kaffee getrunken wurde. Kurz, eine im wahrsten Sinne des Wortes „dichte" Atmosphäre war gegeben. Ein Tisch als Altar stand keinen halben Meter von der ersten Besucherreihe entfernt. Wie üblich begann der Gottesdienst, die Predigt war gehalten und zur Gabenbereitung gingen die Messdiener Brot und Wein holen. Ehe das Klavier das begleitende Lied zu diesem Abschnitt spielen konnte, hörte ich einen Klingelton, der unverwechselbar zu meinem Handy in der Hosentasche gehörte. Gut war in diesem Augenblick, dass ich den Handyklingelton konkret zuordnen konnte. Und es hörte und hörte nicht auf zu klingeln. Es kam mir vor wie eine Ewigkeit. Die Gottesdienstbesucher hörten auch den Klingelton, konnten ihn aber nicht mit mir in Verbindung bringen. Vielleicht haben sie auf Grund der Richtung und der Lautstärke in meine Richtung geschaut. „Hat der Pastor hat ein Handy? Und das klingelt auch noch… Unmöglich!". Mir war die Situation peinlich. Ich hatte den Eindruck, dass meine Ohren auffallend rot würden… Aber ich schlug die Seiten des Messbuchs auf. Drangehen? Ging mir durch den Kopf, als das Gebimmel immer noch nicht abebbte. Selbst der Gedanke kam mir wie eine Minute vor. Und dann… plötzlich Stille, Aufatmen bei der Gemeinde und auch ganz besonders bei mir. Ich tat so, als wäre nichts geschehen, kein Klingelton gehört. Schnell war man wieder beim Gottesdienst. Nach dem Gottesdienst war das Handyklingeln d a s Gespräch. „Wer hat denn da sein Handy nicht ausgeschaltet?" Die

Messdiener kamen der Wirklichkeit am nächsten. Sie meinten jedenfalls: „Gell, das war dein Handy?" – Und mit unschuldiger Mine, die aber deutlich machte, das ihr Verdacht stimmt, sagte ich: „Mein Handy, ich doch nicht...!" und schüttelte den Kopf. Das sollte ihnen verdeutlichen: ihr habt Recht.

Auch peinlich war mir als ich bestürzt im Gottesdienst feststellen musste, dass ich einen wichtigen Teil vergessen hatte. Nicht aus Absicht oder Dummheit, sondern aus Nachlässigkeit oder Unaufmerksamkeit. Als das Hochgebet zu Ende ging und ich die Worte „durch ihn und mit ihm und ihm..." sagte, war mir noch klar, dass gleich das „Vater unser" als Abschnitt anzusagen war. „Soll ich die Kinder nach vorne zum Altar bitten oder nicht?" war der Gedanke, der mich noch bewegte. Aber dann – und erst im Nachhinein – bemerkte ich, dass das „Vater unser" fehlte. Im Nachhinein „fehlt" mir die Zeit zwischen dem letzten gesagten Satz und dem Gedanken, dass ich ein Gebet vergessen hatte. Sogleich begann mein Gehirn nach einer Begründung zu suchen. Wie wäre es mit einer neuen liturgischen Form? Kann man das „Auslassen" als liturgische Besonderheit deklarieren? Oder wem fällt schon auf, dass ein Element fehlt? Lässt du dich so schnell ablenken?

Auf jeden Fall sollte die Initiative der Feststellung des Vater-unser-Fehlens nicht von mir ausgehen.

Nach der Rückkehr in die Sakristei sagen die Messdiener nichts.

Keiner fragt: „Sie haben etwas vergessen!" oder „Hatten wir heute kein Vater-unser-Gebet?" – „Uff, ok, keiner scheint etwas gemerkt zu haben?", ertappe ich mich zu überlegen.

Da kommt Rudi. Seine Tochter habe ich vor vielen Jahren getauft. Mit einem Zwinkern in den Augen meint er: „Hast du im Gottesdienst nicht etwas vergessen...?" Stille, Schweigen. Ich überlege, kippe den Kopf von einer Seite zur anderen... „Das Vater unser!", meint Rudi ganz entschieden. „Jawohl, der hat aufgepasst", bemerke ich im Stillen. Und unschuldig – wie ich manchmal bin – (ich betone manchmal) sage ich nachdenklich: „Ja jetzt, wo du es sagst, fällt es mir auch auf. Ich habe das Gebet vergessen! Das tut mir leid. Aber ich hoffe, dass der Gottesdienst gültig ist und wir nicht von vorne anfangen müssen?" – Innerlich habe ich mich über meine Vergesslichkeit und Nicht-Konzentration hochgradig geärgert. Und bemühe mich konzentriert und aufmerksam im Gottesdienst zu sein und das Gebet nicht noch einmal auslassen.

Und aufmerksam bin ich dann während der Gabenbereitung. Es gehört zu den Ritualen des Gottesdienstes, dass Wein und Wasser in den Kelch gegossen werden. Aus diesem Kelch wird später „das Blut Christi" – Wein und Wasser gewandelt – getrunken. Die Küsterinnen befüllen vor dem Gottesdienst jeweils eine kleine Karaffe mit Wein und Wasser, manche mehr andere weniger. Ich schütte die ganze Karaffe mit Wein in den Kelch, besonders die mit Likörwein gefüllte. Als neulich die Karaffe sehr voll gewesen ist, kippe ich nicht den ganzen Inhalt in den Kelch, sondern ließ noch einen kleinen Rest in der Karaffe. „Vielleicht freuen sich Küsterin oder Messdiener auch einmal von dem Wein kosten zu können?", sage ich zu mir selbst und blicke noch einmal auf die Karaffe. Mir kam mit es vor, dass nur ein winziger Schluck noch im Gefäß war. „Einen so geringen Rest lässt du nicht übrig. Der passt noch in den Kelch." Denke es und schütte den Rest in den Kelch. Für das, was ich dann sah, möchte ich gerne die Gedanken der Person lesen haben können: die Küsterin sieht den Vorgang, das Hineinschütten, das Zögern und das Nachschütten. Sie grinst über beide Ohren und – so meine ich – schüttelt leicht den Kopf. Vielleicht denkt sie: „Der bekommt den Hals auch nicht voll!" Die Reaktion der anderen Gottesdienstbesucher hatte ich leider nicht im Blick. Vielleicht aber haben sie es auch nicht gesehen. Mir hat der „erweiterte Schluck" geschmeckt.

Gerade während der Gabenbereitung geschehen Situationen, die vom reibungslosen Ritual abweichen können. Es ist schon passiert, dass die Glaskännchen beim Anreichen von Wein und Wasser, nicht richtig angereicht werden und –

zerbrechen. Mit einem „Plopp" oder lauten Krachen fallen sie zur Erde und sind kaputt, Wein beziehungsweise Wasser läuft aus. Es ist immer eine Schrecksekunde für alle Beteiligten. Die Messdiener ärgern sich ihrer Schusseligkeit oder Unaufmerksamkeit und ich erschrecke mich und versuche den Ärger der Messdiener zu zerstreuen. „Macht nichts, nächstes Mal passt du besser auf. Jetzt aber pass´ auf, dass du dich nicht an den Scherben verletzt." So gut es ohne Besen und Kehrblech möglich ist, schiebe ich die „Überreste" beiseite. Die Küsterin sorgt sich im Anschluss an den Gottesdienst um die Scherben.

Und die Kirchengemeinde bestellt eine neue Garnitur von Wein- und Wasserkännchen.

(30) Handwerker im Haus!

Als ich in ein renoviertes Haus einzog, nachdem sämtliche Elektroleitungen neu verlegt wurden, Fenster energetisch effizienter ausgetauscht wurden, Räume neu zugeschnitten wurden, Maler- und Bodenbelagsarbeiten eine frische Atmosphäre erkennen ließen, kam zu Letzt auch noch der Monteur zu Installation der Gegensprechanlage. „Sie bekommen eine Videoanlage, in Farbe. Damit können sie sehen, was sich vor der Haustüre abspielt", sagte der Elektriker verheißungsvoll. Ich nickte. „Bestimmt ein geiles Gerät", sagte mein Gehirn, „so etwas hattest du bisher in keinem von dir bewohnten Haus." Ich verzog mich, um dem Installateur nicht im Weg zu stehen. „Wo hätten sie denn gerne den Bildschirm?" – „Mhm, ich denke am besten, hier neben der Türe." – „Ist gut! Ich mache es dann so!"
Und ich dachte, dass der Elektriker auch ein gutes Augenmaß hat – und sein Handwerk versteht. Dachte ich....
Als ich eine halbe Stunde später das vielgepriesene Gerät an der Wand hängen sah, war ich doch ein wenig enttäuscht. Das Ding war solide befestigt, auch konnte ich das farbige Videobild mit dem Ausschnitt vor der Haustüre deutlich erkennen – kein Zweifel. „Aber", entfuhr es meinem Mund, „sagen sie ´mal warum hängt das Gerät so tief. Ich

muss ja in die Knie gehen, um ein Bild zu erkennen. Oder den Kopf verdrehen, so dass die Farbe zu erkennen ist." – Hier entstand nun eine längere Pause. Der Monteur überlegte. Denn mindestens zehn Zentimeter höher montiert, dann wären Verrenkungen nicht nötig gewesen. Ein bisschen nur mitdenken hätte ich mir gewünscht! Stattdessen starrte ich in halbgebückter Haltung auf das Live-Bild des Auges am Eingang des Hauses. „Tja, wissen sie, ich dachte mir, dass auch Kinder die Anlage bedienen können. Daher habe ich so tief montiert." – Hier war ich nun sprachlos. Denn seit wann leben – normalerweise – Kinder in einem Pfarrhaus? Der Bischof als Dienstherr würde nicht nur die Nase rümpfen…bei Kindern im Pfarrhaus! Wohlgemerkt, der Priester hat zölibatär zu leben! Hat der Elektriker, der seit Monaten in diesem Haus ein- und ausging nicht den Charakter und die Bestimmung des Hauses als Dienstwohnung durchschaut? Dann muss er mit der „Klobürste" gepudert sein oder anders ausgedrückt: Der Kerl hat keine Ahnung.

Ich meine unter normalen Umständen wäre seine Antwort durchaus als plausibel einzustufen…. Aber! Ich schluckte kurz, dachte mir mein Teil und verzichtete auf Nachbesserung. Vielleicht hätte er dann diese Anlage neben der Toilettenschüssel installiert, mit der Begründung, dass es auf der Toilette nicht so langweilig sei und ich immer sehen könne, was vor der Haustüre „abging". „Vielen Dank", meinte ich nicht ernsthaft und mit süßem Lächeln auf den Lippen und meiner Meinung im Kopf.

Kurz darauf fand ich die Montage-Anleitung der Video-Gegensprech-Anlage. Und neugierig wie ich bin, stellte ich fest, dass tatsächlich die Anlage mindestens zehn Zentimeter höher montiert werden soll. Vielleicht aber hat das Zentimetermaß eine andere Einteilung. Soll´s geben, wenn man die Brille nicht putzt.

Nicht nur Elektriker sind manchmal Schildbürger, auch Wasserinstallateure. In der Teeküche des Büros sollte ein Warmwasserboiler das erhitzte Wasser für das Spülbecken liefern. Das Gerät für die Erwärmung des Wassers war montiert, das Spülbecken glänzte, die Wasserzufuhr vom Keller war vorzüglich. Das Wasser plätscherte in das Edelstahlbecken. Nur das Wasser wurde nicht warm, geschweige denn heiß. Unmengen an Liter verließen den Wasserhahn mit dem roten Warmwasseremblem. Vielleicht war die Heizung noch nicht in der Lage, warmes Wasser zu liefern. Nein, auf der Toilette war warmes Wasser vorhanden. Vielleicht war der Anschluss vertauscht. Nein, auch ein nochmaliges Tauschen der Wasser-Anschlüsse brachte nicht den gewünschten Erfolg. Also, was tun?

Eines Tages kam jemand auf die Idee, den Warmwasserbereiter vom Stromnetz zu nehmen, also den Stecker herauszuziehen. Doch dann zeigte sich der wahre Streich: es gab keine Steckdose, der den Warmwasserbereiter speiste. Sie war bei der Montage vergessen worden!

So einfach lösen sich manchmal Probleme. Man muss nur nachschauen!

Übrigens, die fehlende Steckdose wurde dann noch montiert und die Spüle erfreut sich einer regen Betriebsamkeit.

(31) „Hurra, wir trauen uns"

Ein Blick auf die Uhr: schon wieder so spät? Ich treffe mich noch mit einem Brautpaar, um letzte Absprachen für die Hochzeit am Samstag zu treffen. Ich erkläre ihnen den Ablauf des Gottesdienstes. Zum wievielten Male frage ich mich, habe ich den Ablauf erklärt? Oft meine ich jemand anderes als mich zu hören. Die Sätze sind so bekannt. Ich weiß nicht, zum wievielten Male ich den Ritus erkläre und die Bedeutung der Trauung deutlich mache. Zeitweise komme ich mir vor, als ob ich eine DVD abspiele, in der ich selbst mitspiele und den Brautleuten den „schönsten Tag" ihres Lebens darstelle.

Aber für die meist aufgeregten Brautleute ist alles sehr neu. Manchmal aber sind für mich die Anliegen der Brautleute sehr neu.

„Sagen sie nach der Trauung: Sie dürfen die Braut nun küssen?" – Entrüstet und voller Unverständnis erwidere ich in dieser Situation: „Haben sie die Braut zuvor nie geküsst. Diesen Satz finden sie in jedem drittklassigen Hollywood-Schinken. Wollen sie das?" Das sitzt. Bisher hat noch kein Brautpaar diesem Argument etwas entgegen setzen können.

„Ja, aber…" – „Wollen sie wirklich eine Show abliefern? Es tut mir leid, da kann ich nicht mitspielen." Klingt hart? Ist es auch! Aber oft hilft nur der Holzhammer.

Schön ist auch die Frage zu beantworten: „Darf der Brautvater die Braut zum Altar führen?" Ich schaue die Brautleute verständnislos an und frage zurück: „Wer hat sie denn in den letzten drei Jahren ihres Zusammenlebens geführt? Ihr Vater?" Nach diesen Fragen „tut" sich meist etwas: die Brautleute kommen ins Nachdenken! Nicht weil DAS schön ist, sondern, weil es sinnvoll ist, muss es heißen. Ein anderer Argumentationsstrang würde folgende Frage einleiten: „Wenn der Brautvater die Braut zum Altar führt, machen sie einen „Kuhhandel. Wollen sie das?" – Stille. Nachdenken. Und ich erläutere: „Das war wohl im Mittelalter gängige Praxis. Der Brautvater bringt die Braut in der Kirche zum Altar. Dafür bekommt er vom Bräutigam eine Kuh. Ist das so?" Wenn das nicht hilft, verweise ich auf die allzu schnulzigen Hollywood-Klassiker. Meist sehen die Brautleute die Argumente ein und Braut und Bräutigam gehen im Hochzeitsgottesdienst gemeinsam durch den Mittelgang der Kirche zum Altar.

(32) Friedhofs-Blues

Auf dem Friedhof zu stehen, die Verabschiedung und Beerdigung von Verstorbenen zu leiten, gehört nicht zu meinen „Lieblingsaufgaben". Besonders, wenn ich mehr als zweimal in der Woche zu Sterbeamt und Beerdigung ausrücke. Ich merke, dass in den Wochen, in denen ich mehrmals auf dem Friedhof stehe, leicht depressiv werde. Abschiednehmen, das Endgültige des Todes, die trauernden Angehörigen trösten, all das lässt mich nicht kalt und unberührt. Oft leide ich mit den Angehörigen, besonders bei jungen Menschen oder Menschen, die auf tragische Weise aus dem Leben schieden.

Aber es gibt auch durchaus schmunzelnde und nachdenkliche Episoden vom Friedhof zu berichten. Einmal, es war im Winter, Temperaturen weit unter null Grad und ein eisiger Wind waren die Ausgangslage. Auf dem Weg von der Leichenhalle zu einem Gräberfeld, wo sich das Grab befand, war ich froh, ein extra Unterhemd angezogen zu haben. Dennoch das Gesicht war dem eisigen Wind ausgeliefert. Die trauernden Angehörigen und Freunde, die Messdiener und die Totengräber, sie alle senkten den Kopf nach unten, um das Gesicht zu schützen – und zu trauern. Und der Weg war so weit! Am Grab angekommen, von mir kurze Verneigung vor dem Sarg und die vorgesehenen

Gebete. Als das Grab dann mit Weihwasser – der Kessel mit Weihwasser stand in Reichweite – gesegnet werden sollte, musste ich kurz stutzen: Das Weihwasser war von einer Eisschicht überzogen! Das Aspergill oder der Wedel zum Segnen, ließ sich nur mit Mühe aus dem Eispanzer befreien. Einige Eisstückchen blieben hängen, während ich das Weihwasser auf den Sarg tröpfeln ließ.

Während der nächsten Beerdigung, als immer noch bitterkalte Temperaturen herrschten und der Sarg am Grab mit Weihwasser gesegnet werden sollte, glaubte ich meinen Augen nicht zu trauen: das Wasser war eis-frei, flüssig, aber: es hatte eine leicht rötliche Farbe und roch undefinierbar. Blitzschnell durchzuckte mich der Gedanke, dass hier Glykol ins Weihwasser gemischt wurde! Der Bestatter bestätige mir später die Beobachtung. Eisfreies Weihwasser! Dafür aber gepanscht. Ich musste lächeln.

Trotz aller konzentrierter Trauer, die sich auf dem Friedhof manifestiert, gibt es manchmal auch Momente, mit denen man nicht rechnet – bei aller Ernsthaftigkeit. Etwa, wenn die Messdiener am Weihrauchfass zerren, um den Deckel zu öffnen und der Inhalt, bestehend aus Kohle und Weihrauchkörnern, sich über den Boden der Leichenhalle ergießt! Oder als die Totengräber den Sarg an Tauen ins Grab ablassen wollen und nicht gleichmäßig die Taue senken. Da bekommt der Sarg Schieflage und die Angehörigen bleiche Gesichter. Oder als die Urne mit der Asche der Verstorbenen fast aus den Händen des Bestatters flutscht... und die Asche des Verstorbenen herausrieseln könnte. Gott, sei Dank, habe ich diese Situation noch nicht erleben müssen. Es wäre total peinlich – auch für mich.

Und es findet wieder eine Beerdigung statt. Das Sterbeamt ist aus und die Trauernden wie Angehörige und Bekannte, vielleicht auch Seh-Leute, die sehen wollen, wer zur Beerdigung gekommen ist, strömen zum Ausgang der Kirche. Eine Menge Menschen trippeln langsam, mit gesenkten Köpfen und Trauerkleidung Richtung Dorfplatz, um in Prozession zum Friedhof zu gehen. Dort sammeln sich alle. Die Männer auf der linken Seite, die Frauen stehen auf der rechten Seite. Die Messdiener mit Weihrauch, Weihwasser und Verstärkeranlage und zwei drahtlosen Mikrofonen gehen mit bedächtigem und angemessenem Schritt die Treppe zur Straße hinauf. Da macht es „klick" und danach fegt ein Geräusch wie ein Atemstoß durch die Luft: Die Mikrofone sind eingeschaltet und funktionieren.

In wenigen Augenblicken werden Gebete auf dem Weg zum Friedhof durch die Verstärkeranlage für alle Teilnehmenden gebetet. „Gegrüßest seist du Maria, voll der Gnaden..." Dieser Text wird alle bis zur Leichenhalle begleiten. Ab und zu knackt es im Lautsprecher, irgendein Problem mit der Übertragung.

Wilhelm, der Vorbeter, nimmt wieder tief Luft: „Gegrüßest seist du Maria, voll der Gnaden..." und die Teilnehmenden antworten: „... heilige Maria, Mutter Gottes, bitte für uns Sünder jetzt und in der Stunde unseres Todes. Amen." 15 Minuten – bis zum Friedhof.

Doch Wilhelms Hilfe erstreckt sich nicht nur auf das Vorbeten zum Friedhof. In der Leichenhalle während der Verabschiedung des Verstorbenen, singt er mit mir einen Psalm. Ich schätze diese Unterstützung sehr, weil ich kein großer Sänger bin. Ich habe immer beim Singen die Befürchtung, dass ich falsch singe. Denn die schönste Anerkennung beim Singen erfuhr ich im Jahreszeugnis des 6. Schuljahres mit dem Hinweis: „Seine Mitarbeit im Schulchor verdient Anerkennung." Punkt, Schluss! Also lasse ich meine Solo-Gesangs-„künste" lieber und singe im Duett. Klingt bestimmt besser!?

Wilhelm steht für die vielen Menschen, denen ich begegnete und durch ihre Mithilfe und Engagement zum Ausdruck gebracht haben, dass ihnen die gemeinsame Arbeit in der Pfarreiengemeinschaft Freude machte und im gemeinsamen Tun ein bisschen von der Ahnung des Himmels ausdrückten.

Ihnen allen ganz herzlichen Dank für diese Erfahrungen und ohne die ich diese Geschichten nicht hätte aufschreiben können!!